L'INDOMPTABLE BÊTA

MEUTE SAUVAGE DEUX

EVE LANGLAIS

Copyright © 2022 Eve Langlais

Couverture réalisée par Joolz & Jarling (Julie Nicholls & Uwe Jarling) © 2022

Traduit par Iris Loison et Valentin Translation

Produit au Canada

Publié par Eve Langlais

http://www.EveLanglais.com

ISBN livre électronique: 978-1-77384-3643

ISBN livre pochet: 978-1-77384-3650

Tous Droits Réservés

Ce roman est une œuvre de fiction et les personnages, les événements et les dialogues de ce récit sont le fruit de l'imagination de l'auteure et ne doivent pas être interprétés comme étant réels. Toute ressemblance avec des événements ou des personnes, vivantes ou décédées, est une pure coïncidence. Aucune partie de ce livre ne peut être reproduite ou partagée, sous quelque forme et par quelque moyen que ce soit, électronique ou papier, y compris, sans toutefois s'y limiter, copie numérique, partage de fichiers, enregistrement audio, courrier électronique et impression papier, sans l'autorisation écrite de l'auteure.

PROLOGUE

Avant qu'Asher ne commence à travailler au ranch...
Les lâches avaient sauté sur Asher pendant qu'il quittait le travail.

Comme il était barman dans le centre-ville d'Edmonton, il était toujours le dernier à quitter le bar. Il devait en effet s'assurer que toutes les jeunes femmes du personnel montaient dans leur voiture et étaient en sécurité avant de fermer, ce qui l'avait laissé seul dans la ruelle lorsque le gang lui avait tendu une embuscade.

Fatigué par ses dix heures de travail, il ne les avait ni entendus, ni même sentis venir. Quand il y repensera par la suite, il rejettera la faute sur les cliquetis du système de ventilation et la puanteur des bennes à ordures.

Lorsqu'il était passé devant la poubelle pour se diriger vers sa moto, un poing venu de nulle part le frappa, faisant se renverser sa tête. Avant même qu'il ne puisse se relever, une volée de coups de poing rapides et furieux se déchaîna sur lui. Des bottes contre ses côtes. Des coups au visage.

Des parties de son corps avaient craqué, changé de couleur, saigné.

Et lui avaient fait un mal de chien, jusqu'à ce qu'il s'évanouisse et se réveille à l'hôpital. C'est du moins ce qu'il supposa à son réveil, à cause de l'odeur d'antiseptique et du cliquetis régulier des machines. Ses yeux étaient tellement gonflés qu'il pouvait à peine les ouvrir. Par la minuscule fente, il remarqua une perfusion dans son bras.

— Asher !

Le cri attira son attention vers le côté gauche de son lit, où sa sœur se tenait debout, les trains tirés, se tordant les mains d'anxiété.

— Salut, Winnie.

Asher tenta de sourire, mais il grimaça à la place lorsque sa mâchoire meurtrie protesta.

— Dieu merci, tu es réveillé ! Je vais chercher l'infirmière.

— Non, pas d'infirmière. Juste toi. S'il te plaît.

Il n'était pas encore prêt à devoir parler avec quelqu'un d'autre.

Des larmes remplirent les yeux de la jeune fille.

— Oh, Asher.

Ce n'était pas la première fois qu'elle pleurait pour lui. Entre son joli minois et le fait qu'il parlait sans réfléchir, il avait attiré plus que sa part de bagarres. Il aimait aussi faire les choses stupides typiques des jeunes hommes impétueux, comme sauter des falaises dans l'eau sans vérifier d'abord où les rochers se trouvaient. Il avait passé une partie de l'été en question dans un plâtre.

Il essaya de se redresser et grimaça une fois de plus lorsque la douleur le traversa.

À son expression, elle s'empressa d'appuyer sur un bouton, inclinant le lit pour qu'il puisse se redresser. Il aurait dû rester allongé, non pas qu'il ait mentionné l'inconfort à sa petite sœur.

— Je vais bien, Winnie. Je parie que ça a l'air pire que c'est.

C'était un mensonge. Il se sentait vraiment mal.

La lèvre inférieure de sa sœur trembla.

— Tu sais qui t'a attaqué ? La police n'a trouvé aucun indice.

— Aucune idée. Il faisait sombre. Je suppose que c'était mon tour de me faire agresser. Un autre mensonge. Il avait eu un aperçu du meneur. Rocco Durante. Le fils de l'Alpha de la meute. Un véritable connard et un tyran lorsqu'il était en compagnie de ses deux alliés les plus proches, Larry et Ben.

— J'étais si inquiète. L'hôpital nous a appelés en disant que tu montrais des signes d'hémorragie cérébrale. Ils n'étaient pas sûrs que tu te réveillerais ou que tu t'en remettrais.

Il n'aurait pas survécu s'il avait été humain. Un garou avait une meilleure constitution que la plupart des gens.

— Il faudra plus que quelques tapotements pour me blesser, dit-il d'un ton apaisant.

Il détestait voir Winnie, la petite sœur qu'il avait toujours choyée, s'inquiéter.

— Je suis étonné que Maman ne soit pas là.

Depuis la mort de son père, plus de dix ans auparavant, sa mère avait tendance à les surprotéger.

— Elle vient de partir. Elle était à l'hôpital depuis qu'ils t'y ont amené.

— Ça fait combien de temps ?

Il se sentait raide, et ce n'était pas qu'à cause de ses blessures. Ses muscles protestaient contre sa longue sieste.

— Quelqu'un t'a trouvé hier matin, et nous sommes maintenant en fin d'après-midi.

Il fit une nouvelle grimace. Il devait être en très mauvais état pour être inconscient aussi longtemps. Pas étonnant qu'ils aient pensé qu'il pourrait ne pas s'en remettre.

Winnie continua de parler.

— Maman va être tellement énervée de savoir que tu t'es réveillé pendant qu'elle allait prendre une douche et quelque chose à manger.

— Manger serait pas mal.

Son corps aurait besoin d'être bien nourri pour accélérer le processus de guérison.

L'expression de Winnie s'éclaira.

— Tu as faim ? Je vais demander à l'infirmière de t'apporter un plateau repas. Ils devraient aussi vérifier que tout va bien.

— Pas d'infirmière. Ils vont vouloir me filer de la nourriture d'hôpital. Elle est dégueu.

Il en avait déjà eu : du bouillon fade. Du pain rassis. Une brique de lait.

— Je veux de la vraie nourriture. Je suis un garçon en pleine croissance.

Il n'était pas sûr que son sourire charmeur ait eu le

bon effet, car Winnie déglutit difficilement et refoula de grosses larmes.

Elle marmonna, ses mots étouffés :

— Je vais courir au café de l'autre côté de la rue et te prendre quelque chose.

Avant qu'il ne puisse lui dire de ne pas s'en aller, elle était partie. Elle avait évidemment dit quelque chose à une infirmière, parce que l'une d'entre elles, qui portait une blouse et une coiffe assortie arriva.

— Regardez qui est de retour parmi les vivants, dit-elle d'un ton plein d'entrain. Comment vous sentez-vous ?

Il voulut rétorquer qu'il aurait préféré être mort, ou du moins encore inconscient, parce qu'il avait mal partout. Ce n'était pas la version de lui-même qu'il montrait au reste du monde. Il réussit à esquisser un petit sourire qui ne fit pas hurler de peur l'infirmière :

— Pas super bien, mais je survivrai. Merci de veiller sur moi.

— Bah, ce n'était pas un problème. Vous étiez plutôt calme.

L'infirmière lui offrit un sourire alors qu'elle posait ses doigts sur son poignet, regardant sa montre.

Ils échangèrent de petites phrases banales, des plaisanteries. Asher avait une façon de mettre les gens, surtout les femmes, à l'aise. Parfois, c'était plus une malédiction qu'une bénédiction.

Quand l'infirmière Marge, selon son insigne, vérifia son état et consulta ses signes vitaux, expliquant à quel point il avait de la chance d'être en vie, il offrit de vagues réponses.

Il y avait de fortes chances qu'il doive discuter avec la police, et il ne voulait pas gâcher l'histoire qu'il avait décidé de raconter. Bien qu'il sache qui l'avait mis à l'hôpital, il ne pouvait pas les dénoncer. On ne dénonçait pas les autres membres de la meute. De plus, Rocco, celui qui avait mené l'affaire, avait des raisons d'être en colère contre Asher.

Alors que Marge finissait de contrôler ses signes vitaux, un bruit à la porte attira son attention.

Une superbe jeune femme se tenait dans l'encadrement de la porte. Mélinda. L'ex-fiancée de Rocco et la raison de son état actuel.

Marge regarda Mélinda en fronçant les sourcils.

— Faites-vous partie de la famille ?

— Je suis une amie, déclara Mélinda, soudain confuse.

— Seule la famille est autorisée à être ici, rappela Marge en se dirigeant vers Mélinda pour l'escorter hors de la chambre.

— S'il vous plaît, Marge, j'apprécierais tellement que vous laissiez ma petite-amie rester.

Asher avait prononcé cette demande en utilisant sa meilleure expression et sa meilleure voix de pauvre petit garçon piteux. Cela fonctionna, même avec son visage couvert d'ecchymoses.

— Seulement quelques minutes. Le médecin va venir vous voir dans un instant.

— Vous êtes un ange, déclara-t-il.

Mélinda resta silencieuse jusqu'à ce que l'infirmière parte, puis les mots sortirent rapidement :

— Je suis désolée, Asher. Je ne m'attendais pas à ce que cela se produise.

— Je m'y attendais un peu. Je ne peux pas vraiment en vouloir à Rocco. Te perdre serait une pilule difficile à avaler.

Mélinda avait, jusqu'à récemment, été fiancée à Rocco, mais lorsqu'elle avait rencontré Asher, cela avait été le coup de foudre.

Pauvre Rocco. Il avait dû être dévasté lorsqu'elle avait rompu avec lui. Dommage qu'il ait découvert Mélinda et Asher si vite. Ils avaient été si discrets le week-end dernier, leur première fois ensemble. Un moment torride qu'il n'oublierait jamais.

Il n'avait pas revu Mélinda depuis le baiser qu'il lui avait donné avant qu'elle ne monte dans sa voiture et ne rentre en ville. Quant à lui, il avait pris un repas tranquille dans un restaurant local puis avait emprunté un long chemin pour arriver bien plus tard. Cela ne serait pas bon d'afficher leur nouveau statut de couple devant Rocco. Ils pouvaient attendre un peu avant de sortir en public.

Asher avait envoyé un SMS à Mélinda quand il était arrivé chez lui, elle lui manquait déjà. Elle n'avait pas répondu, mais le dimanche, elle dînait généralement avec sa famille. Il avait réessayé le lendemain avant le travail. Bizarrement, elle n'avait toujours pas répondu.

Elle était là désormais. Sa compagne, qu'il ne pouvait pas sentir à cause de son nez enflé. Il n'avait aucun doute, cependant, qu'après leur nuit de passion, elle portait son parfum. Un effluve distinct, signe d'une véritable revendication, un lien rare qui se crée lorsque deux personnes censées être ensemble ont des relations sexuelles orgasmiques pour la première fois.

Il tendit sa main, mais elle ne l'attrapa pas. Au lieu de cela, elle resta debout, les mains étroitement jointes.

— Est-ce que ça va ? demanda-t-il, puisqu'elle semblait contrariée. Je sais que je suis un peu hideux en ce moment, mais je vais guérir. Je te le promets.

— Je suis sûr que ce sera le cas.

Elle jeta un coup d'œil par-dessus son épaule.

Elle était si belle. Dès la première fois qu'il avait vu Mélinda, son sang avait bouilli. Ils se connaissaient à peine et n'avaient que peu parlé avant de sortir ensemble. Qu'y avait-il à dire ? Il savait ce qu'il ressentait, et elle devait le ressentir aussi, vu ce qu'elle avait abandonné pour être avec lui.

— Je suis content que tu sois là, dit-il, tendant à nouveau la main. Rapproche-toi. Je ne te mordrai pas.

Comme s'il pourrait laisser une seule marque sur sa peau lisse.

Une fois de plus, elle resta à sa place.

— Il faut qu'on parle. À propos de Rocco.

Il se raidit.

— Quoi, Rocco ? Il t'a menacé ? Je le tuerai s'il le fait.

— Non. Il ne poserait jamais la main sur moi.

— Alors qu'est-ce que c'est ?

— Je ne l'ai pas vraiment largué, lâcha-t-elle avant de se mordre la lèvre inférieure.

— Quoi ? (Il avait dû mal entendre). Tu m'as dit que tu l'avais fait.

Il avait insisté pour qu'elle soit libre avant qu'il agisse. Une chose difficile à dire à une femme qui avait joué sur sa corde sensible en déclarant : « *Je ne peux pas m'empêcher de penser à toi.* »

— Tu ne pensais pas sérieusement que j'allais annuler mes fiançailles ? Le mariage est dans deux semaines.

— Je ne comprends pas.

Ce qu'il avait compris l'irritait.

— Es-tu en train de dire que tu n'avais jamais prévu de larguer Rocco ?

Elle acquiesça.

— Tu as dit que tu avais envie de moi. Pourquoi tu m'as menti, putain ?

Le juron lui avait échappé.

— Je n'ai pas menti sur le fait d'avoir envie de toi, mais juste en te disant que je larguerais Rocco.

— Pourquoi ?

— Parce que tu ne m'as pas laissé le choix.

Il cligna des yeux.

— Le choix, c'est que si tu veux être avec moi, tu dois être célibataire. Tu as choisi de me raconter un mensonge éhonté juste pour que je te baise.

La douleur lancinante dans son corps l'empêchait de rester correct.

— Je sais que c'était égoïste. J'avais tellement envie de toi.

Les mots parvinrent à le rassurer sur le fait que son sexe restait fonctionnel. Il l'avait aussi terriblement voulue, sinon il n'aurait même jamais envisagé de sortir avec la copine d'un autre mec.

Pouvait-il vraiment lui en vouloir ? En tant que compagne, elle ne pouvait nier le lien entre eux. Même s'il aurait préféré qu'elle ait fait les choses dans le bon ordre, au moins maintenant le loup était sorti du piège.

— Eh bien, je ne dirai pas que je suis content de la façon dont les choses se sont passées, mais au moins maintenant Rocco est au courant et nous pouvons être ensemble.

Elle secoua la tête.

— Je suis désolée, Asher. Tu es un mec super, sexy et génial au lit, mais on ne peut pas être ensemble.

— Je ne comprends pas.

Ses paroles n'avaient aucun sens. Ou était-ce le martèlement dans sa tête qui rendait la compréhension insaisissable ?

— Tu as dit que tu m'aimais, s'écria-t-il.

Elle l'avait plutôt hurlé pendant qu'il la pilonnait.

— Oui, mais...

— Il n'y a pas de mais. Soit tu m'aimes, soit tu ne m'aimes pas. Il n'y a pas de juste milieu.

C'était une bien sévère réprimande. Il n'avait jamais utilisé un ton aussi sec avec elle auparavant.

— Bien, alors. Je ne t'aime pas.

L'affirmation le frappa aux tripes.

— Qu'est-ce qui se passe ?

Son passage à tabac avait-il affecté son intelligence ? Était-ce une sorte de cauchemar comateux ?

Son expression devint hautaine.

— Ce qui se passe, c'est que tu te comportes de manière stupide. Tu pensais vraiment que je larguerais Rocco, le fils de l'Alpha qui héritera un jour de la direction de la meute, pour un barman ?

Son ricanement la transforma en quelqu'un qu'il ne reconnut pas. La beauté qui l'avait captivé n'était apparemment qu'extérieure, l'amour qu'il avait ressenti était une imposture.

— Tu m'as utilisé. Tu n'as jamais eu l'intention de rompre avec Rocco. C'est toi le dindon de la farce maintenant qu'il a découvert qu'on avait couché ensemble. Laisse-moi deviner, il t'a larguée ?

— À peine. C'était mon cadeau.

— Ton quoi ?

— Nous en avions tous les deux un. Un dernier coup avant notre mariage.

— Si vous avez tous les deux accepté de vous tromper, pourquoi m'a-t-il battu ?

Et pourquoi ne pouvait-il pas se rendormir ? Parce que cette histoire lui faisait encore plus mal.

— Qu'est-ce que je peux dire ? C'est un mec jaloux. J'ai dû le rassurer sur le fait qu'il était le meilleur amant.

Eh bien, ça, c'était un coup bas. Il voulut se gifler d'avoir été si stupide. Il blâmait l'alcool pour ne pas l'avoir vue clairement.

Il ne put retenir le ton amer de ses paroles.

— Tu es toi-même médiocre.

Son expression devint glaciale.

— Tu n'as pas besoin de te comporter comme un connard.

— Je suis celui qui est allongé dans un lit d'hôpital, dans lequel ton fiancé m'a mis parce que vous êtes tous les deux des connards.

— Si tu veux être comme ça, alors j'en ai fini.

Comment osait-elle agir en victime ? Et comment avait-il pu être aussi stupide ?

— Au revoir, Mélinda. Tu peux fermer la porte derrière toi.

Ce n'était pas la seule visite qu'il avait dû subir ce jour-là. Le père de Rocco vint aussi le voir. C'était un homme sombre, mais généralement juste, sauf quand il s'agissait de son fils. Quand Bruce rentra dans la chambre d'hôpital, il soupira :

— Tu m'as mis dans le pétrin avec tes actions, Asher.

Cela n'aurait pas dû surprendre Asher qu'il soit blâmé. L'injustice le rendit inhabituellement vif.

— Et si nous discutions de la façon dont ton fils et les lâches qui lui servent d'amis m'ont sauté dessus ? Ce n'était pas digne d'un combat loyal.

Asher était peut-être en tort. Cela n'excusait cependant pas les méthodes de Rocco.

Bruce se frotta la mâchoire.

— Ce que mon fils a fait n'était pas bien. Lui et moi aurons une discussion sur la façon appropriée de lancer un défi. Mais peut-on lui en vouloir ? Tu as couché avec sa fiancée.

— Seulement parce qu'elle m'a dit qu'elle en avait fini avec Rocco.

— Ça n'aurait pas dû avoir d'importance, dit-il en balayant les mots d'Asher de la main. On ne couche pas avec les partenaires de ses amis, ni avec leurs ex.

— Nous ne sommes pas amis.

Ils ne l'avaient jamais été.

— Peu importe. Vous appartenez à la même meute. Tu aurais dû refuser.

— Je pensais qu'elle était ma vraie compagne.

— Est-ce que c'est la putain d'excuse que tu vas utiliser ? aboya Bruce. Tu l'as séduite !

— Non, je ne l'ai pas séduite. Je lui ai dit de rompre avec Rocco si elle voulait être avec moi. Elle est venue me voir et m'a dit que c'était fini. Qu'elle m'aimait. Il s'avère que c'était une sorte d'accord qu'elle avait avec Rocco. Une dernière chance de baiser quelqu'un d'autre avant qu'elle épouse ton fils.

Il n'allait pas mentir pour la protéger.

— Ça n'a pas d'importance. Tu n'aurais même jamais dû lui parler, puisque tu savais qu'elle appartenait à un autre homme. Ce n'est pas la première fois que tu es surpris en train de coucher avec des gens que tu ne devrais pas toucher, Asher Donovan.

Bruce avait peut-être raison sur ce point. Il y avait eu son professeur de mathématiques de terminale. C'était réciproque, et il avait techniquement dix-huit ans quand c'était arrivé. Sans oublier qu'il était déjà sur le point d'obtenir son diplôme. Puis il y avait eu cette équipe de paysagistes avec laquelle il avait travaillé l'été suivant. Le patron et sa femme étaient techniquement séparés, à l'époque.

En même temps, il n'y avait aucune loi qui stipulait qu'un homme ne pouvait pas baiser qui il voulait, que cette personne soit dans une relation ou non.

— Te sentirais-tu mieux si, à partir de maintenant, je promettais de ne sortir qu'avec des femmes en dehors de notre meute ? Je promets même de m'en tenir aux humains.

Il aurait moins d'ennuis de cette façon.

— Ce n'est pas assez. Je ne peux plus t'avoir par ici. Tu dois partir.

— Attends une putain de seconde... tu me bannis ?

L'étonnement teinta sa question.

— Tu ne peux pas rester. Comment Rocco est-il censé garder la tête haute si l'homme qui l'a cocufié est toujours dans le coin ?

Bruce avait des opinions démodées en matière de relations.

— Est-ce que tu t'écoutes parler ? Tu me mets dehors parce que la fiancée menteuse de Rocco voulait le beurre, l'argent du beurre et le cul de la crémière.

Il s'arrêta avant de l'insulter.

— Ma décision est définitive.

La déclaration de Bruce à ce sujet était ferme. C'était un ramassis de conneries. Un cas clair d'un père favorisant son connard de fils. Ce n'était pas une surprise, cependant. Bruce était peut-être un bon Alpha quand il s'agissait de tout le monde, mais il avait un angle mort en ce qui concernait Rocco.

Asher voulait se jeter hors du lit et montrer à Bruce exactement ce qu'il pensait de son décret. Il ravala la colère.

— Où suis-je censé aller ?

— C'est ton problème.

— Et ma mère et ma sœur ?

— Elles peuvent rester.

C'était une maigre consolation.

— Suis-je au moins autorisé à leur rendre visite ?

— Pas tant que tu n'auras pas de compagne ou ne seras pas marié.

Autrement dit, jamais.

Il était inutile de discuter, et très honnêtement, Asher n'avait aucun intérêt à voir Rocco et la fourbe Mélinda, alors il était parti. Sa mère et sa sœur avaient pleuré, mais finalement, elles n'avaient pas le choix. Il avait vingt-trois ans, c'était un homme adulte qui pouvait faire son propre chemin dans le monde.

Il avait erré pendant un certain temps avant de finir par travailler dans le nord de l'Alberta, où il avait rencontré Amarok, un autre loup et paria, qui avait jeté un coup d'œil à Asher avant de lui dire :

— Si tu as besoin d'un endroit où rester, nous avons de la place au ranch.

Asher avait trouvé une nouvelle maison. Une nouvelle famille. Mais il s'était juré bien avant cela qu'il ne boirait plus, et de ne plus être dupé par l'amour.

CHAPITRE UN

Des années plus tard...

Il y eut un puissant martèlement à la porte. Asher, qui attrapait justement l'un des délicieux cupcakes de Poppy, hésita à y répondre. La dernière fois qu'on avait frappé à la porte, son ami Rok (diminutif d'Amarok) s'était retrouvé en couple.

Et si ouvrir la porte équivalait à attraper le bouquet ? Attendre n'était pas une option. Ni cligner des yeux, vu que les délices de Poppy étaient connus pour leur capacité à disparaître.

— Tu vas répondre ?

Lochlan grogna depuis sa place à table.

— Pourquoi pas toi ?

— Parce que je n'aime pas les gens.

Une réponse honnête, à l'opposé d'Asher.

— Moi si, d'habitude.

Boum. Boum.

— Mais ces coups puent la colère.

— Oui.

Cela l'intriguait, lui aussi. Asher se dirigea vers le hall et fixa la porte en bois massif, nerveux. Voilà qui ne lui ressemblait pas.

— Ouvrez cette porte avant que j'appelle les flics ! cria une voix de femme. Meadow ! Tu es là-dedans ? Je suis venue te secourir.

Les sourcils d'Asher se levèrent. La personne de l'autre côté de la porte, qui qu'elle soit, semblait connaître la nouvelle compagne de leur Alpha. Qui cela pouvait-il bien être ? Meadow n'avait pas de sœur.

— Tu vas l'ouvrir, cette porte, putain ? cria Lochlan depuis la cuisine.

Lorsqu'Asher le fit, il trouva une grande brune aux yeux brillants de colère.

— Où est Meadow ? cracha l'inconnue sans préambule.

— Par ici, quelque part, répondit-il prudemment.

— Êtes-vous Amarok ?

— Qui le demande ?

— Sa meilleure amie, Val, connard. Qu'avez-vous fait d'elle ?

Asher regarda Val de haut en bas. Sa poitrine haletante. Ses joues rouges. Son poing tremblant.

Ça le frappa comme la foudre. Son entrejambes se serra. Son âme trembla. Une reconnaissance soudaine lui fit écarquiller les yeux.

Mienne, oh, mienne.

Oh, oh.

Il comprenait maintenant pourquoi Rok avait claqué la porte au nez de Meadow la première fois qu'ils s'étaient rencontrés. La panique l'envahit. Cela ne pouvait pas arriver. Cette humaine en colère ne pouvait pas être sa compagne. Il était censé vivre une vie solitaire de célibataire endurci.

Pourtant, elle se tenait là, presque un mètre quatre-vingts de femme, hérissée, à la mince silhouette, au teint olive et à la poussée ferme lorsqu'elle le dépassa pour entrer dans la maison.

Et que fit cet imbécile pour l'arrêter ?

Rien.

Un homme ne devait jamais poser la main sur une femme. Asher s'en fichait si le monde d'aujourd'hui exigeait qu'il les traite comme si elles étaient des hommes. Il ne le pouvait tout simplement pas. Il tenait la porte ouverte pour les femmes et les laissait passer devant lui lorsqu'il faisait la queue, ce qui signifiait souvent qu'il attendait deux fois plus longtemps. Il restait debout jusqu'à ce qu'elles soient assises et leur parlait toujours avec respect... devant elles, du moins.

Avec les mecs, il avait tendance à être un peu libre avec ses mots.

— Meadow ! beugla Val en entrant dans le salon.

— Elle n'est pas dans la maison, déclara Asher, déambulant dans son sillage orageux.

Parmi les histoires qu'il avait entendues à son sujet, Meadow n'avait pas mentionné son côté colérique.

— Où est-elle ? cracha Val en se retournant.

— Elle joue probablement encore avec son castor, madame.

Il prononça ces mots avec un visage impassible.

La femme le regarda bouche bée pendant une

minute. Ce n'était pas l'insinuation qui l'avait fait réagir, mais la dernière partie de la phrase.

— Je suis trop jeune pour être une dame, connard.

Le mot vulgaire souleva le coin de sa lèvre.

— Eh bien, comment dois-je vous appeler ? Aux dernières nouvelles, ma chérie, ma puce, mon trésor et mon bébé n'étaient pas sur la liste.

— Je m'appelle Valencia Berlusconi, sombre idiot.

— La fameuse Val, dit-il en hochant la tête. Meadow a parlé de vous.

— A-t-elle mentionné que je suis ceinture noire ? Alors n'essaie pas tes trucs de culte avec moi, ou je vais t'en foutre une, menaça-t-elle.

— Des trucs de culte ?

Il ne put retenir un sourire en coin.

— Comment expliquer autrement pourquoi ma meilleure amie est partie pendant quelques semaines et a soudainement décidé qu'elle ne rentrait pas à la maison parce qu'elle épousait un montagnard de l'arrière-pays ?

— Ce n'est pas difficile à expliquer. Elle est tombée amoureuse.

Val grogna.

— C'est du désir, pas de l'amour, c'est pour ça que je suis ici.

— Oh, c'est bien de l'amour.

Cela pouvait sembler trop rapide voire impossible pour un humain. Mais pour les garous, comme Amarok et Asher ? Ils pouvaient aimer de nombreuses personnes au cours de leur vie, mais il n'y avait qu'une seule vraie compagne, et une fois qu'ils se rencontraient, ils ne pouvaient plus supporter d'être séparés.

S'il vous plaît, laissez-moi me tromper à son sujet. Valencia ne semblait pas du genre à laisser un homme passer du temps seul avec ses jeux vidéo, un casque, une caisse de bière et des bretzels.

La lèvre de Valencia se retroussa.

— Ah, l'amour !

— Je suis d'accord. Hélas, ils sont d'un avis différent.

— Je vais arranger ça, menaça-t-elle.

— Vous prévoyez de vous incruster au mariage ? demanda-t-il.

— Plutôt de l'arrêter avant que ça n'arrive.

Le tourbillon passa du salon à la salle à manger, où elle s'arrêta brièvement à la vue de la table massive et des bancs de chaque côté.

— Combien de personnes vivent dans votre communauté ?

— Treize maintenant que Meadow est là. Bientôt quatorze ans quand Astra aura eu son bébé.

— Qui est le père ? demanda-t-elle d'un ton plutôt accusateur.

— C'est Bellamy, son mari, alors vous pouvez détendre votre string, Princesse.

— Qui a dit que j'en portais ?

— On dirait qu'on a quelque chose en commun !

Elle lui jeta un coup d'œil, puis plus bas. Il réagit parce que, bon, c'était un homme. Cela aidait qu'elle soit sexy, très probablement sa compagne, et il s'amusait plus que prévu. Mais en même temps, il se souvenait de la dernière fois où il était tombé amoureux d'une femme. Cela lui avait coûté sa maison et sa famille. Il n'avait pas vu la première depuis qu'il était parti. Quant à cette dernière, parler au téléphone et envoyer des messages n'était pas la même chose que de pouvoir voir sa mère et sa sœur en personne.

Les lèvres de Val s'incurvèrent en un sourire malicieux d'avertissement :

— J'espère que tu vas le coincer dans ta fermeture éclair.

— C'est juste cruel, Princesse.

— Lave-toi les oreilles, imbécile. Je m'appelle Valencia, répliqua-t-elle en entrant dans la cuisine, vide de Lochlan et des cupcakes. Le bâtard !

Plutôt que de fuir, Asher la suivit.

— Valencia. Ça sonne italien.

— Avant que tu poses la question, non, ma famille n'appartient pas à la mafia. Mais... j'ai des relations, alors ne m'énerve pas.

— Attendez, vous n'êtes pas énervée ? demanda-t-il, vraiment curieux compte tenu de son déchaînement jusqu'à présent.

Son sourire était beaucoup trop doux lorsqu'elle répondit :

— Ça, c'est moi qui montre de l'amour pour mon amie.

— Une amie qui est près du barrage. Je peux vous montrer le chemin si vous voulez.

— C'est loin ? Je ne suis pas vraiment habillée pour aller traîner dans la boue.

Elle baissa les yeux sur ses bottes courtes à la mode avec leurs talons de cinq centimètres, ce qui le fit jeter un coup d'œil à ses longues jambes minces, enfilées dans un jean moulant. Le chemisier de lin blanc impeccable était rentré dans son pantalon, et par-dessus, elle portait un gilet doublé de sherpa. Très attirant et peu pratique.

Et peut-être pas de culotte, ce qu'il trouvait intéressant étant donné qu'il pouvait voir le contour d'un soutien-gorge. Qui portait un soutien-gorge sans porter de culotte ?

— Arrête de me regarder, demanda-t-elle en le dépassant d'un pas lourd pour retourner sur le porche.

Difficile à nier vu qu'il n'avait rien fait d'autre que la regarder depuis son arrivée. Il devrait s'échapper pendant qu'il le pouvait encore.

Il la rejoignit dehors.

Valencia se tenait les mains sur les hanches et fixait la forêt. Il était prêt à parier que, si elle avait pu, elle l'aurait rasée pour avoir une vue plus dégagée.

— Détendez-vous, Princesse. Meadow devrait bientôt revenir. Puis-je vous offrir un rafraîchissement ? demanda-t-il.

— Comme si j'étais si stupide. C'est comme ça que vous l'avez escroquée ? Ton ami l'a-t-elle droguée pour lui faire croire qu'elle était amoureuse ?

Il s'appuya contre le mur de la maison, les bras croisés :

— Pourquoi êtes-vous convaincue qu'ils ne sont pas amoureux ? Je sais que vous lui avez parlé.

— Meadow est peut-être naïve, mais elle n'est pas téméraire. C'est une femme qui a passé un an à faire des recherches sur sa voiture avant de l'acheter.

Puisqu'Asher ne pouvait pas exactement parler à cette humaine du lien et de la revendication, il devait se fier à quelque chose qu'elle pourrait croire.

— Ça a été un vrai coup de foudre.

Elle laissa échapper un grognement.

— Encore une fois, je ne suis pas stupide. Je suis bien consciente que cet escroc d'Amarok l'a détestée la première fois qu'ils se sont rencontrés. J'ai tout entendu à ce sujet.

— Vous savez ce qu'on dit sur l'amour et la haine.

— Ne me sors pas cette phrase de merde.

— Bien, alors c'est le destin.

— C'est cela, oui.

Il haussa un sourcil.

— Vous ne croyez pas aux âmes sœurs ?

— Non, souffla-t-elle.

Étrangement, il aurait juré qu'elle mentait.

CHAPITRE DEUX

Effectivement, Valencia avait carrément menti au bel homme qui lui parlait d'amour.

Pourquoi mentir à un inconnu ? Parce que, d'une part, il l'avait décontenancée dès l'instant où il avait ouvert la porte. Un Adonis blond au sourire facile et à la nature taquine, qui n'hésitait pas à aller au-devant de ses accusations. Son attirance instantanée pour lui la poussait à ne pas l'aimer dès le départ.

Val savait qu'il ne fallait pas tomber amoureuse d'un joli visage ou de mots bien sentis. Elle avait fait cette erreur à l'université.

Gerry avait pris non seulement le pot avec ses économies, sa réserve de snacks et sa voiture, mais aussi sa dernière once de confiance dans les hommes.

La luxure n'était pas de l'amour, et la luxure avait une date d'expiration, c'est pourquoi elle s'était précipitée quand Meadow lui avait dit qu'elle allait se marier avec un inconnu. Un homme que Meadow connaissait à peine et qu'elle prévoyait d'épouser dans le mois suivant leur rencontre.

Val s'était pleinement attendue à ce que les parents de Meadow soient d'accord avec elle sur le fait que leur fille précipitait les choses, mais Monsieur et Madame Fields étaient ravis que leur fille ait trouvé quelqu'un, d'autant plus qu'ils craignaient qu'elle se sente seule depuis qu'ils avaient déménagé plus près de la côte. C'était à Val de s'assurer que sa meilleure amie depuis la maternelle ne faisait pas d'erreur, et il semblait à présent que Val devrait la surveiller elle-même pour faire en sorte qu'elle ne tomberait pas dans le même piège qu'elle.

— C'est quoi, ton nom ? demanda-t-elle à l'espèce de bombe blonde, espérant entendre quelque chose qu'elle pourrait ne pas aimer.

— Asher Donovan, à votre service.

Il inclina un chapeau imaginaire. Un chapeau de cow-boy lui irait parfaitement. Cela serait assorti avec la chemise à carreaux, tendue sur ses larges épaules, et au jean moulant qui tombait sur ses hanches.

— Tu travailles et habites ici ?

— Oui.

Il désigna un petit bâtiment avec un revêtement en vinyle blanc, une porte et une seule grande fenêtre.

— C'est chez moi.

— C'est un cabanon.

Ses lèvres se contractèrent.

— C'est un peu plus élaboré qu'un cabanon. Entièrement isolé, avec un poêle à bois, une salle de bains et un lit géant.

Il fallait qu'il le mentionne.

— Je suppose que c'est parfait pour un homme-enfant qui a dû quitter le sous-sol de sa mère, mais n'a pas pu trouver un vrai endroit où vivre.

Une autre personne aurait pu être offensée. Il rit avant de riposter :

— Laissez-moi deviner, vous avez un condo chic aux lignes modernes et épurées, une cuisine avec tout le nécessaire pour préparer des repas gastronomiques et un dressing pour toutes vos chaussures.

À son tour de sourire.

— Imagine plutôt un style victorien rénové avec des boiseries dans chaque pièce et une cuisine digne d'une ferme.

— Ah, vous êtes ce genre de princesse.

— Qu'est-ce que c'est censé vouloir dire ?

Plutôt que de répondre, il pointa du doigt une direction.

— Ils sont presque là.

Un coup d'œil vers les bois lui indiqua que Meadow revenait enfin. Du moins, ça ressemblait à Meadow. Val cligna des yeux, mais son amie resta rayonnante de ses yeux pétillants à son large sourire dirigé vers l'homme à ses côtés qui lui tenait la main. Un beau mec, plus grand et plus masculin que ceux avec lesquels Meadow sortait habituellement. Plutôt du style de Val. Elle comprit pourquoi il l'intéressait.

Lorsque le regard d'Amarok rencontra le sien, elle se raidit. Bien qu'il ait une expression douce avec Meadow, elle restait glaciale envers Val.

Elle pouvait presque voir l'avertissement dans son

regard. *Ne m'enlève pas ma Meadow.* Il était très clair qu'il n'aimait pas que Val soit ici.

Meadow, cependant, était extatique.

— Val ! Oh mon Dieu ! Qu'est-ce que tu fais ici ?

Le cri de joie avait émergé alors que Meadow courait pour la prendre dans ses bras.

Val la rencontra à mi-chemin et étreignit avec force sa meilleure amie. Malgré sa famille nombreuse, Val n'appréciait que très peu de gens dans le monde, et en aimait encore moins.

— Je n'arrive pas à croire que tu sois venue ici, balbutia Meadow.

— À quoi d'autre tu t'attendais lorsque tu as annoncé que tu allais te marier dans deux semaines ?

Deux semaines. Cet Amarok était vraiment pressé de se marier. Sur le papier, il semblait bien loti, surtout en comparaison à Meadow. Alors pourquoi se précipiter ?

— Je sais que c'est fou, mais une fois que tu rencontreras Rok, tu comprendras. C'est mon compagnon idéal.

— Vous devez être Valencia. J'ai beaucoup entendu parler de vous. Amarok Fleetfoot, dit-il en lui tendant la main.

Val testa la fermeté de sa prise.

— Appelle-moi Val. Et tutoyons-nous. Après tout, tu épouses ma meilleure amie, ce qui signifie que nous allons passer beaucoup de temps ensemble.

— Combien de temps peux-tu rester ? demanda Meadow, les mains jointes, rebondissant sur la plante des pieds.

— J'ai pris les deux semaines de congé pour pouvoir être là pour toi.

Asher dit d'une voix traînante :

— Allons, allons, Princesse. Ne soyez pas timide. Dites-lui la vraie raison pour laquelle vous êtes ici. Que vous pensez qu'on est une sorte de communauté hippie qui a drogué Meadow pour qu'elle épouse ce vieux grincheux de Rok. Comme s'il y avait une drogue assez puissante pour ça !

Asher jeta un coup d'œil à Val et haussa les épaules.

— Pour être honnête, aucun de nous ne comprend l'attraction non plus.

— Asher ! Tu n'es vraiment qu'un sale morveux.

Meadow gloussa puis sourit à Amarok.

— Il est parfait !

— Beurk, firent Val et Asher en chœur avant de se regarder.

Les lèvres de Val esquissèrent un sourire réticent.

— Je suis d'accord. Doe pourrait bien avoir besoin de lunettes, dit Rok, avec une douceur qui n'était pas en adéquation avec son apparence.

— Alors, maintenant que je suis là, pourquoi ne me montres-tu pas ce que tu as prévu jusqu'à présent ? demanda Val, voulant séparer sa meilleure amie de Rok au moins assez longtemps pour voir si elle ne prenait vraiment pas de drogue. Elle n'avait jamais vu Meadow aussi heureuse.

— Oh, oui, je pourrais utiliser ta contribution. Nova, Poppy et Astra m'ont aidée, mais elles n'ont jamais vu mon classeur.

Ah oui, leur classeur de mariage, avec des coupures de robes et de coiffures. Dès leur plus jeune âge, elles avaient planifié leur journée idéale. Meadow avait brûlé le sien avec Val par solidarité le jour où Val avait renoncé à l'amour.

— Tu leur as parlé des smokings pour chiens que nous avions prévus ?

— Des quoi ? toussa Asher.

Meadow éclata de rire.

— À l'époque, j'étais obsédé par les bichons, et j'en avais vu un habillé pour un mariage, avec un petit nœud papillon et tout.

Le visage de Rok avait une expression des plus étranges.

— Je dois aller voir les alpagas.

Cela fit rire Asher :

— Tu peux les imaginer à la cérémonie avec des cravates ?

— Est-ce qu'ils ne crachent pas ?

Valencia fronça les sourcils.

— Pas les alpagas, assura Rok en s'éloignant. Asher ! Viens.

— Ouaf.

La bombe blonde lui fit un clin d'œil avant de trotter pour rejoindre son ami, laissant Valencia seule avec Meadow.

— Tu as rencontré les autres ? demanda Meadow, ouvrant la voie à l'intérieur.

Val secoua la tête en la suivant.

— Juste le joli garçon.

Meadow jeta un coup d'œil par-dessus son épaule en fronçant les sourcils.

— Tu le trouves attirant ?

— Évidemment. Tu l'as vu ?

— Il est mignon, je suppose. Je ne l'avais jamais vraiment remarqué à cause de Rok, qui est juste humm... fredonna Meadow, et les sourcils de Val se levèrent.

— Tu l'aimes vraiment bien, n'est-ce pas ?

— C'est plus que ça, Val. Comme je te l'ai dit au téléphone, le trouver a rempli une partie manquante de moi dont je ne savais pas que j'avais besoin.

— Ce qui est cool, mais j'avoue que je suis un peu inquiète de la vitesse à laquelle vous allez. Je veux dire, le mariage ? Pourquoi ne pas sortir avec quelqu'un pendant un petit moment avant ?

— Je sais que ça semble fou, concéda Meadow en se tournant et joignant les mains, mais je te jure que je sais ce que je fais. C'est ce que je veux.

Val ne pouvait pas détruire cette expression brillante, alors elle hocha la tête.

— D'accord. Mais sache que s'il touche à un seul cheveu de ta tête, je coulerai une dalle de béton autour de ses pieds et je le ferai tomber dans un lac.

À cela, Meadow rit.

— Tu en rajoutes tellement.

Elle était plutôt tout à fait sérieuse. S'il blessait la meilleure amie qui était comme une sœur, Val n'hésiterait pas à la venger, même si cela voulait dire finir en prison.

CHAPITRE TROIS

Asher se tenait dehors avec Rok lorsque les femmes entraient.

— J'espère que tu as prévenu tout le monde que nous avons un humain sur place ? demanda doucement Rok.

— Elle vient à peine d'arriver. Je devrais le faire, parce qu'on dirait bien qu'elle ne partira pas avant le mariage.

— Meadow m'avait dit que son amie viendrait peut-être plus tôt.

— Val ne semble pas très contente que sa meilleure amie se marie, nota Asher.

À cela, Rok haussa les épaules.

— Je ne peux pas lui en vouloir. De l'extérieur, on dirait que nous précipitons les choses.

— C'est vrai. Ce n'est pas comme si nous pouvions expliquer votre lien. Ce sentiment de rencontrer la bonne personne et de savoir qu'elle est son avenir.

Comme la femme à l'intérieur.

Peut-être qu'Asher se trompait à propos de Val. Il demanda quand même :

— Quand est-ce que tu as su avec certitude que Meadow était ta compagne ?

— Je l'ai toujours su. Le problème était mon entêtement à l'accepter.

— Tu n'avais pas peur qu'elle ne le fasse pas ? Le sentiment n'est pas le même pour les humains.

— Non, mais en même temps, il y a quelque chose. Appelle cela une prise de conscience ou un niveau de connexion. Elle est suffisamment en phase avec moi pour qu'elle sache quand sortir pour me retrouver après ma journée de travail.

Rok lui jeta un coup d'œil.

— Pourquoi ces questions ?

— Rien. Je suis juste curieux.

Il aurait dû savoir qu'il ne fallait rien cacher à son Alpha.

— Qu'est-ce qui s'est passé ? Tu as rencontré quelqu'un ?

— Oui, notre nouvelle invitée.

Il ne dit rien de plus, et Rok resta silencieux pendant une seconde avant d'éclater de rire.

— Pauvre con.

— Qu'est-ce que c'est censé vouloir dire ?

— C'est un peu drôle que tu sois Monsieur-Je-ne-m'installe-avec-personne, et que tu sois destiné à être avec quelqu'un qui ne te laissera pas te relâcher.

— Ce n'est pas encore fait.

— Ça se fera.

— N'en sois pas si sûr. Je n'ai pas l'impression qu'elle m'aime bien. Ou toi. Ou la nature, d'ailleurs.

Son gros 4x4 avait été construit pour l'extérieur, même s'il était tout neuf et, il était prêt à parier, rempli de fonctionnalités.

— Tu veux entendre quelque chose d'encore plus drôle ? Doe dit que Val déteste les chiens. Elle prétend que ce ne sont que des bêtes malodorantes et grossières.

Asher le dévisagea. Puis la maison.

— Bien sûr qu'elle les déteste. Ce qui signifie que ce que je ressens n'est probablement pas l'instinct d'accouplement.

— Ça te démange de savoir ce qu'elle fait à l'intérieur ?

— Non.

Mensonge.

— Tu as voulu l'embrasser dès que tu l'as vue ?

— J'ai voulu et j'ai embrassé beaucoup de femmes que j'ai rencontrées et que j'ai trouvées attirantes.

— Personne ne m'a jamais fait poser de questions sur le lien d'accouplement. Tu peux le combattre, Ash, mais à la fin, tu ne pourras tout simplement pas t'en empêcher.

— Je suis trop jeune pour avoir un boulet, gémit-il.

— Tu as plus de trente ans.

— Exactement. Regarde Lochlan. Quarante ans et toujours célibataire.

— Lochlan est un pauvre con. Est-ce que c'est ce que tu veux devenir ?

— Si je dois être en couple, pourquoi ne peut-il pas être avec quelqu'un d'heureux et de doux, comme Meadow ?

— Tu t'ennuierais en une seconde.

— Tu ne t'ennuies pas.

— C'est parce que je suis le genre de mec qui n'a pas peur de se blottir et de regarder un film.

— J'aime les films, protesta Asher.

— À quand remonte la dernière fois que tu as réussi à rester assis assez longtemps pour en voir un ?

— Samedi dernier.

— Tu as dormi pendant plus de la moitié.

— Ça compte quand même.

— Tu es un idiot. Continue de râler, je vais bien rire quand tu tomberas amoureux.

— Ce n'est pas drôle. Je pensais que j'étais ton bras droit.

Il avait reçu le titre de Bêta de la meute. Darian était l'autre Bêta, le bras gauche de Rok. Quand c'était arrivé, Asher avait été abasourdi. Cet honneur l'avait laissé sans rien d'intelligent à répondre.

— Tu es mon bras droit, mais aussi mon ami. Et en tant qu'ami je vais te le dire, t'es dans la merde !

Rok le frappa violemment dans le dos avant de rentrer en riant toujours, pendant qu'Asher lui lançait un regard noir.

Il ne rirait pas longtemps. Rok avait peut-être tort. Asher s'était peut-être trompé.

Au cas où ce ne serait pas le cas, il alla courir dans les bois pour se vider l'esprit, seulement pour se retrouver face à un autre problème.

Un homme tomba d'une branche d'arbre qui se trouvait juste au-dessus de sa tête. Il était vêtu de noir, avec des cheveux d'un rouge vif et un visage aux traits anguleux. Il ne sentait rien, comme s'il portait un non-parfum. Inquiétant, mais étant donné que l'homme ne l'avait pas attaqué, Asher lui parla d'un ton amical :

— Salut, mec. Tu t'es perdu ?

— Asher Donovan. Ancien membre de la meute Festivus d'Edmonton.

— Qui es-tu ?

Un sourcil sombre s'arqua.

— Je vois que M. Fleetfoot a réussi à garder sa bouche fermée. Je suis Kit.

— Kit qui ?

— Juste Kit. Epsilon pour le Lykosium.

— Tu ne veux pas dire espion ?

Le Lykosium était le groupe secret qui maintenait les meutes sous contrôle et veillait à ce que leurs lois soient respectées.

— Disons plutôt une personne avec qui tu ne devrais pas jouer, dit-il de manière terre à terre.

— Pourquoi es-tu là ? Qu'est-ce que tu veux ?

— Que peux-tu me dire sur la meute Festivus ?

— Pas grand-chose, étant donné que je n'en fais plus partie depuis longtemps.

Il prévoyait que cela reste ainsi.

— Pourquoi es-tu parti ?

— Pourquoi le Lykosium veut-il le savoir ? Ça fait une dizaine d'années.

— Réponds à la question.

— Je suis parti parce que j'avais une liaison avec la future belle-fille de l'Alpha.

Inutile d'être poli à ce sujet.

— Tu veux parler de la femme de Rocco Durante, le fils de Bruce Durante ?

— Oui.

— Les dossiers de l'hôpital montrent que vous avez été admis pour un passage à tabac sévère il y a environ dix ans.

— Les rues peuvent être agitées, tard dans la nuit.

Le ton changea brusquement.

— Savez-vous si Rocco ou son père se livrent à des activités criminelles ?

— Non.

— Tu en es sûr ?

— Qu'est-ce que c'est que cette histoire ? Pourquoi venir me voir ? Pourquoi ne pas parler à quelqu'un de la meute ?

— Parce que nous ne savons pas à qui faire confiance.

Une vérité qui stupéfia Asher pendant une seconde.

— Tu dis ça parce que...

— Parce que le Lykosium m'a chargé de découvrir s'il se passe actuellement quelque chose de fâcheux dans la meute Festivus.

— Je ne vois toujours pas comment je suis censé vous aider.

— En y retournant pour une visite et en voyant ce que tu peux découvrir.

Asher éclata de rire.

— Le Lykosium et toi avez choisi la mauvaise personne. Je ne suis pas le bienvenu.

— Ta famille est toujours dans cette meute. Cela te donne une raison d'y aller.

— Je ne peux pas. Pas sans femme. C'est la condition

de mon retour. Sans femme, Bruce serait dans son droit de me punir sévèrement.

— Dommage.

Kit avait l'air énervé.

— Je suppose que je vais devoir demander à quelqu'un d'autre. Peut-être une des femmes.

Le visage de Kit prit une expression sournoise.

— Tu as une sœur, n'est-ce pas ?

Le sang d'Asher se glaça.

— Laisse-la en dehors de ça. Elle vient d'avoir un bébé.

Littéralement quelques jours auparavant. Elle l'avait appelé en visio, les bras berçant sa nouvelle nièce, Bella. Asher avait fait livrer le plus gros loup en peluche qu'il avait pu trouver chez *Winnie*.

— Je n'ai pas beaucoup d'options, monsieur Donovan. Mais je suis un gars sympa. Je vais te donner un jour ou deux pour y réfléchir.

— Ou quoi ?

Son sourire énigmatique n'augurait rien de bon.

— Tu le sauras bientôt. Oh, et ne parle à personne de ma visite.

Un bruit derrière le fit se retourner pour jeter un coup d'œil le temps d'une seconde. L'homme étrange avait disparu, mais sa menace persistait. Comme si Asher n'avait pas assez à penser.

Ce Kit devait être fou pour lui demander de l'aide. En même temps, à quel point les choses allaient-elles mal avec son ancienne meute pour qu'il ait été approché ? Plus important encore, sa mère et sa sœur étaient-elles en danger ?

Asher retourna à toute vitesse vers le ranch, utilisant le sport comme échappatoire. Une douche le rafraîchit, puis il s'habilla pour le dîner avec la meute et Val.

Une femme qu'il avait réussi à oublier depuis sa rencontre avec Kit.

Une femme qui avait envahi tous ses sens au moment où il était entré dans la maison principale et l'avait sentie. Cela avait fait accélérer son pas, son pouls.

Mais était-elle heureuse de le voir ?

Sans même se retourner, elle marmonna :

— Génial. T'es de retour.

CHAPITRE QUATRE

Val avait passé l'après-midi à alterner entre aider Meadow avec ses projets de mariage et espionner le retour d'Asher. Pourquoi le guettait-elle ? Elle n'aurait pas pu l'expliquer.

Elle prêta à peine attention à Rok lorsqu'il entra dans la maison. Elle avait rencontré le reste des habitants du lieu pendant l'après-midi, et enfin mis des visages sur les noms dont Meadow n'avait eu de cesse de lui parler.

Nova, avec ses cheveux courts coiffés en brosse, avait regardé Val de haut en bas :

— Hétéro ?

— Oui, répondit Val.

— Dommage, dit Nova avec un regret évident.

Val, petite maline qu'elle était, ne put s'empêcher de répondre :

— Si ce n'était pas le cas, tu serais mon type.

Elle rencontra ensuite Poppy, qui était un peu plus timide que Nova et la personne en charge de toute la cuisine, qu'elle maniait de manière tout aussi délicieuse qu'impressionnante.

— Ce chocolat chaud est un orgasme dans une tasse, déclara Val après une gorgée satisfaisante.

Poppy rougit, et une Astra très enceinte assise à côté d'elle était d'accord.

- Si tu trouves ça bon, attends de goûter sa tarte au sucre.

— Je prépare des tartelettes pour la réception du mariage, déclara Poppy.

— Et une tourtière. C'est la chose la plus délicieuse que j'aie jamais mangée !

Meadow s'enthousiasmait pour le menu qu'elles avaient prévu. Val ne put s'empêcher de s'interroger sur le choix d'une tourte à la viande comme plat principal. Il valait mieux que ce soit le genre chic, avec de vrais morceaux de viande et de pommes de terre, et non du bœuf haché basique.

Val rencontra aussi le grincheux Lochlan, qui poussa un grognement avant de pratiquement s'enfuir.

Hammer, qui avait semblé aussi direct que son nom.

Reece et Gary formaient un couple adorable, tout comme Astra et Bellamy.

Ce n'était pas la communauté à laquelle Val s'attendait. Même si Val avait des difficultés à l'admettre, jusqu'à présent, elle ne détestait aucune des personnes rencontrées. Elle réservait son jugement pour Rok, l'homme qui traitait sa meilleure amie comme si elle était la chose la plus précieuse au monde.

Ce mec volait la meilleure amie de Val. Ce serait difficile de se voir pour un dîner et un film si Meadow vivait dans le trou du cul du monde.

L'heure du dîner les vit tous rassemblés à l'immense table avec Asher en bout de table, loin de Val, non que cela l'empêche d'être consciente de sa présence. Chaque fois qu'il riait, elle frissonnait. Le timbre de sa voix lui donnait la chair de poule.

Elle fit de son mieux pour rester occupée à bavarder avec les autres, mais ne put s'empêcher de lui jeter des coups d'œil furtifs. Elle se faisait prendre, comme s'il la regardait, lui aussi.

Après le dîner, presque tout le monde rentra dans sa chambre ou partit surveiller les animaux. Astra, Bellamy et Nova proposèrent de regarder un film. Meadow et Rok avaient prévu un appel visio avec ses parents, laissant à Val le choix d'être la troisième roue du carrosse dans cette conversation ou de se divertir.

— Je vais me promener.

— Je vais vous accompagner, proposa Asher. Je vous protégerai des animaux sauvages.

— Ça ira. Meadow m'a prêté sa sonnette.

Elle la fit tinter, et Asher resta bouche bée. Val retint un ricanement d'amusement.

— Euh, je déteste vous l'annoncer, Princesse, mais ça n'arrêtera pas un loup.

Elle fouilla dans son sac à main et en sortit un petit pistolet.

— Ça, si.

De l'admiration éclaira son visage.

— Eh bien. Ravi de voir que vous n'êtes pas qu'un joli visage, Princesse.

— C'est tout ce que tu as à dire ? demanda-t-elle en le glissant dans sa ceinture.

— Eh bien, je pourrais être un imbécile et dire que le seul pistolet avec lequel vous devriez jouer se trouve dans mon pantalon. Mais vous aimez évidemment des choses plus faciles à tenir.

Il lui fit un clin d'œil en lui tenant la porte extérieure.

Un point pour le plouc. Il avait réussi à lui en boucher un coin. Maintenant, elle devait récupérer l'avantage.

Elle sortit et frissonna dans son débardeur. La température avait bien baissé depuis l'après-midi.

— Comment peut-il faire déjà si froid ?

— L'automne dans le nord est différent d'en ville. Il va vous falloir quelque chose de plus chaud, déclara-t-il avant de revenir avec une veste à carreaux semblable à celle qu'il portait.

Elle plissa le nez.

— Je ne pense pas, non.

— Comme vous voudrez.

Il la posa sur la rambarde et descendit les marches.

Regrettant déjà sa décision d'aller se promener, Val le suivit. Elle n'allait pas admettre qu'elle avait changé d'avis. D'autant plus qu'il pensait avoir le dessus.

Prenant le chemin de terre dans les bois, elle comprit rapidement que ses bottes à talons n'étaient pas conçues pour ce terrain. Le menton haut, elle garda silencieusement le rythme à côté de lui.

Pendant à peu près une trentaine de secondes.

— Est-ce que c'est moi, ou est-ce qu'Amarok collectionne les chiens perdus sans colliers ?

— C'est pratique pour contrôler la population de vermine.

— Ha. Ha. T'es drôle. Tu sais que je voulais parler de gens. Vous êtes un mélange de gens venus d'un peu partout.

— Oui.

— Comment vous êtes-vous tous retrouvés ici ?

Ce ranch se trouvait littéralement au bout d'une route difficile à trouver.

— Par chance. Pour moi, c'était le bon endroit au bon moment. J'ai rencontré Rok quand j'étais sans travail. Il s'est avéré qu'il avait besoin d'une paire de mains supplémentaire.

— Et tu aimes vivre ici ?

Elle étreignit son corps, faisant de son mieux pour couper l'air frais du soir, souhaitant avoir pris la veste.

— J'adore. C'est calme et beau.

Il inclina la tête en arrière, et elle suivit son exemple pour voir un ciel plein d'étoiles.

— Joli, mais pas sûr que vivre dans le trou du cul du monde pour le calme vaille le coup de faire la route quand on veut aller faire du shopping.

Il rit.

— C'est un peu une expédition.

— Un peu ? Il faut une heure juste pour se rendre dans cette ville minuscule !

— Vous êtes une citadine ?

— Plus une fille de banlieue, parce que j'aime qu'il y ait un peu d'espace entre les maisons.

— Qu'est-ce que vous faites comme travail ?

— Je suis responsable administrative.

— Ce doit être pour une belle entreprise, vu vos roues.

— J'ai fait une bonne affaire. J'ai un oncle qui vend des voitures. Tu conduis quoi ?

— Ça dépend de la météo. Une moto quand il fait beau. J'emprunte Big Betty quand ce n'est pas le cas.

— Ce doit être le gros consommateur d'essence mentionné par Meadow.

— Elle essaie de convaincre Rok d'échanger Big Betty contre un hybride.

— Elle a aussi essayé ces conneries avec moi.

— Vous n'avez pas cédé, évidemment, mais Rok pourrait bien. Il est éperdument amoureux d'elle.

Cela n'aurait pas pu être plus évident au dîner.

— Oui, j'ai remarqué.

— Vous n'approuvez pas, cependant.

Elle se retourna pour lui faire face.

— Meadow est ma meilleure amie, ce qui signifie que je soutiendrai tout ce qu'elle veut, mais je dois m'assurer qu'il est assez bien pour elle.

— Ça me paraît juste. Et vous ?

— Quoi, et moi ?

— Célibataire ? Mariée ? demanda-t-il rapidement.

— Je ne cherche pas.

— Moi non plus.

Cela provoqua un silence avant qu'il ne dise :

— J'ai entendu dire que vous détestez les chiens.

— C'est exact. Des choses malodorantes. L'un d'eux

m'a mordu quand j'étais enfant. J'ai encore la cicatrice sur le mollet.

Elle fronça les sourcils.

— Ça craint, mais la plupart d'entre eux sont plutôt décents, vous savez ?

— Je le sais et je m'en fous. Je ne posséderai jamais de chien. Les chats, eux, ne me dérangent pas.

— Des enfoirés arrogants, si vous me demandez mon avis.

— Je ne le demandais pas.

Il rit.

— Vous êtes très directe.

— Si tu veux dire que je ne mâche pas mes mots, alors tu as raison. L'honnêteté est la meilleure politique en toutes choses.

— Eh bien, dans ce cas alors, je devrais mentionner que, depuis l'instant où je vous ai rencontrée, j'ai une folle envie de vous embrasser.

CHAPITRE CINQ

Il se figea, attendant la réponse de Val tout en se réprimandant intérieurement.

Pourquoi avait-il dit cela ?

Merde, pourquoi l'avait-il rejointe dans cette promenade ?

Il savait pourquoi. Il avait déjà eu assez de mal à rester loin d'elle pendant le dîner. Maintenant, ils étaient seuls, et plus il passait de temps avec elle, plus il lui était difficile de se concentrer sur autre chose qu'elle.

Elle est à moi.

Merde.

Elle est à moi.

Merde et re-merde.

Alors qu'il faisait noir dehors, il pouvait encore voir son visage, le regard pensif qui le traversait, puis le plus sensuel, qui l'adoucissait.

— Qu'est-ce qui t'empêche de m'embrasser ? demanda-t-elle.

— La peur de m'en prendre une.

Il s'en tint à une vérité partielle. Et si un seul baiser menait à plus ?

— En fait, je suis plus partisane du coup entre les jambes. Ça fait plus mal.

Ses bourses se resserrèrent avec effroi, mais cela ne l'empêcha pas de se rapprocher. Il passa pour de bon au tutoiement.

— Est-ce que tu vas essayer de me mutiler si je t'embrasse ?

Un baiser lui dirait à coup sûr si elle était sa compagne. Peut-être était-il resté trop longtemps célibataire. Il ne pouvait certainement pas blâmer l'alcool pour les picotements à l'intérieur. Il était sobre depuis l'histoire avec Mélinda.

— La mutilation dépendra de si tu embrasses bien ou pas.

— Eh bien, merde. Belle manière de me faire stresser, la taquina-t-il.

— Est-ce que je te rends nerveux ?

Elle haussa un sourcil.

Il ne put retenir un sourire en coin.

— Putain, ouais, tu me rends nerveux. Je veux que nous nous souvenions de ce premier baiser pour le reste de nos vies.

Son rire éclata librement, fort et bruyant.

— Comme si toi et moi pourrions finir ensemble.

— Pourquoi est-ce si drôle ?

Pour une fois, il parlait très sérieusement.

— Premièrement, dit-elle en levant un doigt, je n'ai aucune envie de m'installer avec quelqu'un. Deuxièmement, si je devais m'installer, ce serait avec un mec qui travaillerait de neuf à cinq heures en ville. Parce que, troisièmement, cette fille ne vivra pas dans le trou du cul du monde.

— Tu dis ça, et pourtant tu ne lui as même pas donné une chance.

— Ce n'est pas nécessaire, parce que je ne suis pas une fille en phase avec la nature.

À chaque mot, elle montrait à quel point elle ne correspondait pas à Asher.

À chaque mot, son désir pour elle ne faisait que grandir.

— Peut-être que tu le pourrais, avec le bon mec.

Elle plissa le nez.

— Pourquoi devrais-je changer ? Je suis heureuse là où je suis.

— Même si Meadow reste ici ?

— Il y a toujours la possibilité de s'appeler en visio, et bien que le trajet soit un peu long, c'est faisable. Même s'il est possible que j'envisage de louer un hélicoptère pour raccourcir le voyage. J'ai une tante qui en dirige une flotte.

— Et si tu tombais amoureuse d'un péquenaud de l'arrière-pays ? demanda-t-il en s'approchant.

Val n'eut pas besoin de pencher la tête pour croiser son regard.

— Cela n'arrivera pas.

— Tu en es sûre ? Parce qu'une fois que je t'aurais embrassée, il n'y aura pas de retour en arrière, l'avertit-il.

Ce baiser pourrait être le début de la fin pour eux. Alors qu'il faudrait du sexe pour une vraie revendication, le contact de leurs lèvres serait cette étincelle qui enflammerait tout.

Encore une fois, son rire remplit l'air.

— Est-ce que cette phrase fonctionne vraiment avec les filles ?

Alors même qu'elle se moquait, elle attrapa Asher et murmura contre sa bouche :

— Voyons si tu es aussi bon que tu le penses.

Leurs lèvres se rencontrèrent, une pression ferme qui les secoua. Son souffle se coupa, et celui de Val aussi. Ils s'embrassèrent, un mélange passionné de souffle et de lèvres, de chaleur et de désir.

Leurs mains se serraient et se baladaient alors qu'ils s'embrassaient. Explorant. Apprenant. Taquinant. Cela aurait pu aller plus loin si un hibou n'avait pas hululé.

Elle se figea et s'éloigna de lui, les yeux écarquillés.

— Qui c'est ?

— Un hibou. Nous sommes seuls.

Hors de vue de quiconque aurait pu le voir s'adonner à la folie. Une minute... *Étaient-ils vraiment* seuls ? Il se souvint de l'homme qu'il avait rencontré ce jour-là. L'espion du Lykosium. Était-il caché dans l'ombre, en train de les épier ?

— Il fait froid ici. Et sombre.

Elle se retourna et commença à s'éloigner dans ses talons (qui auraient fière allure autour du cou de Asher) pour rentrer.

Il la rattrapa rapidement, juste à temps pour la secourir lorsque sa cheville se tordit et qu'elle tomba presque.

— Je te tiens.

Il la prit dans ses bras. Elle semblait y être parfaitement à sa place, même si son air renfrogné disait le contraire.

— Quelqu'un devrait faire quelque chose pour les ornières sur ce chemin, grommela-t-elle.

— Ou tu pourrais porter quelque chose d'un peu plus approprié au terrain.

Elle pressa ses lèvres.

— Veux-tu me faire savoir que selon ton culte de bouseux je devrais être pieds nus et enceinte ?

Il resta bouche bée, principalement parce que l'idée ne lui était jamais venue à l'esprit, mais que maintenant qu'elle l'avait mentionné, il se rappela qu'être en couple signifiait généralement avoir des petits. Elle détestait les chiens. Et puis, il n'était pas le père idéal. Cela réduirait son temps de jeu, qui était déjà très limité compte tenu de ses fonctions à la ferme. Un travail qui lui demanderait de travailler sept jours sur sept, à différentes heures de la journée.

— Sans voix parce que j'ai raison ? railla-t-elle.

— Plutôt choqué que tu penses que je voudrais être avec un bébé qui hurle. Je n'aime pas les gamins.

Il le disait, le croyait, mais devait se demander si sa décision était plutôt de ne pas rencontrer la bonne femme pour les porter.

— Je ne suis pas du genre maman non plus. Je ne veux pas non plus d'un mari qui pense qu'il peut me dire quoi faire.

— Le mariage, c'est surfait.

Là-dessus, ils étaient d'accord.

Avait-il tort de penser que Val était sa compagne ?

Plus ils parlaient, moins il semblait qu'ils puissent aller ensemble.

Ils sortirent des bois et Val se tortilla.

— Pose-moi. Je peux marcher.

Asher la remit sur ses pieds.

Val rejeta ses cheveux en arrière.

— Merci de m'avoir aidée. Je suppose que je devrais aller chercher où est ma chambre.

Ah oui, l'autre raison pour laquelle il l'avait rejointe en promenade. Rok l'avait coincé avant le dîner pour lui demander une faveur.

— En parlant de chambre... La maison est un peu pleine, à moins que tu ne veuilles dormir dans un berceau. Rok parle d'ajouter une autre aile, et peut-être un plus grand cottage ou deux. Mais cela prend du temps.

Val se figea et le regarda par-dessus son épaule, son visage éclairé par la lumière du porche.

— Laisse-moi deviner... j'ai droit à un canapé défoncé.

— En fait, Princesse, étant donné la durée de ton séjour, tu peux séjourner à la Maison Asher.

— Ton cabanon ?

— Cabine est le terme approprié. Les gens branchés l'appellent une minimaison.

— Mini, fit-elle en plissant le nez.

— C'est ça ou le canapé. Fais ton choix, Princesse.

— Il y a intérêt à ce qu'il y ait des draps propres.

— Et un petit pois sous le matelas pour tester ton statut royal, se moqua-t-il.

Elle haussa un sourcil.

— Veille à ce qu'il y ait aussi des serviettes propres.

Puis, avec un hochement de tête hautain, elle entra, le laissant avec l'envie de la poursuivre.

Non.

Cela n'arriverait pas.

Il n'essaierait pas non plus de la cajoler pour aller au lit avec elle.

Mais il pourrait avoir besoin de quelqu'un pour l'enchaîner à un arbre pour s'assurer qu'il ne rompe pas cette promesse.

CHAPITRE SIX

Val chercha un miroir pour vérifier l'état de ses lèvres. Pas de rouge à lèvres qui aurait pu s'étaler sur le reste de son visage, mais l'étreinte dans les bois avait été sauvage. Le genre d'étreinte qui laisse une bouche rose et enflée.

Comment cela était-il arrivé ?

Elle avait eu l'intention d'embrasser rapidement Asher, puis de le repousser. Elle avait imaginé qu'un péquenaud comme lui ne saurait pas embrasser et que sa libido se calmerait enfin.

Au lieu de cela, elle avait presque arraché ses vêtements pour coucher avec lui à la belle étoile, ce qu'elle n'avait jamais fait et ne ferait jamais. Elle préférait un lit. S'il n'y avait pas eu cet oiseau au cri effrayant, elle serait peut-être passée outre cette préférence.

Elle trouvait étonnant qu'elle ait repoussé Asher et qu'il ne soit pas revenu à la charge. Son sang ne bouillait-il pas dans ses veines ? Quand il lui avait dit qu'elle logerait chez lui, elle avait failli lui demander s'il faisait partie de l'invitation.

Ce serait mal de coucher avec lui. Elle venait d'arriver. Elle ne pouvait pas se permettre de le baiser trop tôt, elle devrait ensuite s'occuper de lui jusqu'à ce que le mariage soit fini. Deux semaines à faire la gentille avec un mec ? À peine faisable. Comment était-elle alors censée résister à son charme ?

Elle ignora le son de la télévision et se dirigea vers la cuisine. Poppy était assise au comptoir avec un ordinateur portable ouvert.

— Tu es en train d'étudier ? demanda Val, remarquant le logo de la fac.

— Oui, dit Poppy en fermant l'ordinateur portable. Je sais que je suis un peu vieille pour ça.

— Tu es plus jeune que moi.

La jeune fille avait la vingtaine, selon Meadow.

— J'ai toujours voulu aller à l'université, mais... la vie m'a mis des bâtons dans les roues.

— Qu'est-ce que tu étudies ?

Val se dirigea vers le frigo, espérant y trouver du vin. Elle avait demandé au type trapu au nom en er, Palmer ou Hammer, quelque chose dans ce genre, de mettre le carton de bouteilles qu'elle avait apporté de la ville à l'intérieur. Comme si elle pouvait passer deux jours, ou même deux semaines, sans un bon verre de rouge.

La bouteille dans le réfrigérateur n'était pas encore ouverte, ce qui posait le dilemme de savoir comment la déboucher.

— Dis-moi qu'il y a un ouvre-bouteille.

Poppy la sauva.

— Deuxième tiroir près de la cuisinière.

— Et les verres ? demanda Valencia en se retournant avec le tire-bouchon et la bouteille.

— Près de l'évier. Mais pas pour moi, merci.

— Tu n'es pas majeure ?

— Si. Mon manque d'intérêt est lié au fait que le vin est dégoûtant.

Pop. Valencia déboucha la bouteille avant de la poser pour prendre des verres.

— C'est parce que tu n'avais pas le bon vin. Ce millésime particulier est un mélange spécial créé par ma tante Maria.

Elle revint avec deux verres et versa un peu de vin dans chacun.

Val l'agita et renifla.

— C'est du vrai vin.

Malgré son expression dubitative, Poppy leva son verre et l'imita.

— Au mariage de ma meilleure amie.

Elle tendit son verre et Poppy trinqua.

Val savait à quoi s'attendre côté goût, mais aimait regarder la surprise sur le visage de Poppy.

— C'est bon. Je n'ai aucune envie de le cracher.

Val s'esclaffa.

— Le bon vin doit caresser ta bouche comme un amant.

Ces mots firent rougir la jeune fille.

— Je ne saurais pas ce que ça fait.

Une vierge entourée de beaux hommes ? Étant donné que la fille avait également tressailli et parfois regardé brusquement comme si elle avait peur d'être attrapée, Val supposa un traumatisme. Ça l'énerva. Qui avait bien pu faire du mal à quelqu'un d'aussi doux ?

— Il est temps que tu le découvres.

Nova et Meadow les rejoignirent, ainsi qu'Astra, qui but de l'eau. Quelques heures et plusieurs bouteilles vidées plus tard, de jeunes femmes éméchées allèrent chercher leur lit. Darian s'occupa de sa sœur. Nova pouvait encore marcher droit et fit un clin d'œil à Val. Rok portait Meadow, pendant qu'Astra emportait les restes de pop-corn au lit.

Quant à Val ? Son guide surgit de nulle part :

— Suis-moi, sa majesté pompette.

— Va te faire foutre. J'suis pas ivre !

Elle arriva jusqu'à la porte d'entrée, où elle regarda ses bottes à talons posées sur le tapis. Ce ne serait pas amusant d'y entrer. Elle tendit les bras.

— Porte-moi.

— On a des exigences, maintenant ? demanda Asher alors même qu'il la prit dans ses bras musclés. La transporter hors de la maison et descendre les marches ne lui demanda aucun effort.

— Si tu m'appelles sa majesté, alors j'agirai comme telle.

— Tant que tu ne te mets pas à crier « qu'on lui coupe la tête ! »

Elle gloussa.

— Elle est trop jolie pour être coupée.

Elle posa une main sur sa bouche ivre.

Sa poitrine grondait quand il riait.

— Tu es assez mignonne, toi aussi.

— Ha, renifla-t-elle. Nous savons tous les deux que je suis magnifique.

— Et prétentieuse. Je le suis aussi.

— Nous sommes trop jolis tous les deux.

Elle soupira.

— Un vrai problème, reconnut-il.

Il s'arrêta et tritura la porte avant de l'amener dans son cabanon. Ce qui, pour être juste, ressemblait plus à un appartement de garçon. Un appartement de garçon mignon. Il y avait un poêle à bois contre un mur et un lit massif en face, recouvert de la couette la plus épaisse qu'elle ait jamais vue, un plaid rouge très chic. Cela allait bien avec les accents de bois à l'intérieur. Bien que la zone toilette ne soit fermée que par des rideaux. Voilà qui était quelque peu préoccupant.

Pourrait-il supporter une femme qui vomit à trois heures du matin ?

Il la posa doucement sur le lit, la couverture tirée vers l'arrière avant qu'il ne l'y blottisse. Ça sentait comme des draps séchés dehors. Si quelqu'un le savait, ça serait elle, sa famille avait longtemps accroché les leurs ainsi autant que possible pour économiser de l'argent.

— Humm.

Elle enfouit son visage dans l'oreiller.

— Tu veux peut-être te déshabiller ? suggéra-t-il.

— Déshabille-moi.

— Non. Je sais bien qu'il ne faut pas obéir à une femme ivre.

— Pas ivre.

— Oh si, tu l'es, ce qui veut dire que tu peux me supplier et je m'éloignerai quand même.

— Je pourrais te faire rester.

Elle attrapa son chemisier et tira dessus. Les boutons sautèrent, tout comme ses yeux qui se fermèrent.

Il recula.

— Bonne nuit, princesse.

Elle aurait pu l'appeler et lui dire de revenir, mais elle s'endormit aussitôt.

CHAPITRE SEPT

Asher ne marchait pas, il fuyait. Val s'était avérée être une tentation qui étirait ses limites. Mais il ne profiterait jamais d'une femme sous quelque influence que ce soit.

Il s'enfuit jusqu'à la maison et passa une mauvaise nuit sur le canapé jusqu'à ce qu'il se jette dans le hamac à l'extérieur à trois heures du matin. La grande couverture qu'il avait traînée le garda bien au chaud jusqu'à ce que ce connard de lève-tôt, Bellamy, passe près du hamac, qui se balança.

Asher tomba sur le porche avec un bruit sourd.

— Je te déteste.

Ces gens étaient de la famille. Des frères. Des sœurs. Ce qui signifiait qu'ils se taquinaient constamment.

Il s'occuperait du cas de Bellamy plus tard. Il s'agissait probablement des représailles pour le pot de pop-corn vide qu'il avait caché dans le placard de Bellamy. Tout le monde savait qu'Astra aimait mieux les manger le lendemain. Mais Asher avait faim, alors il les avait mangés avant de rejeter la faute sur quelqu'un d'autre.

Bellamy pouvait le gérer. Astra était sa femme, après tout. Asher, cependant, ne voulait pas qu'Astra soit fâchée contre lui. Et si elle commençait à accoucher ? Ou lui disait qu'il ne pouvait pas être appelé « tonton » ?

Étant donné qu'Asher ne se rendormirait pas, il se leva et s'étira, gardant un œil sur sa cabine. Val n'était pas encore sortie.

Lochlan sortit de sa cabine et traversa la cour à grands pas.

Asher sauta les marches pour le rejoindre.

— Ça te dérange si j'emprunte ta douche ?

— Parce que la tienne...

— Est utilisée par notre invitée.

Lochlan grogna.

— Apporte ta serviette et ton savon.

Asher apporta ses vêtements, après les avoir extraits de la pile propre de la buanderie. Une fois lavé et habillé, il se sentait presque prêt à affronter le monde. Il le conquerrait après le petit-déjeuner. Il entra à grands pas dans la maison du ranch et se dirigea vers la cuisine. Il entra et vit le cul le plus parfait du monde en l'air. Sa main se leva pour le frapper.

Val le regarda entre les jambes.

— N'y pense même pas, cow-boy.

— Tu ne peux pas m'empêcher d'y penser.

— Tape-le et meurs, avertit-elle en saisissant le chouchou qu'elle avait laissé tomber.

— Tape le mien et j'aurai ce que les poètes français appellent *la petite mort*.

Val se leva brusquement, ses cheveux en un rideau qui vola et s'installa autour d'elle, avec un air de chute hors du lit. Elle attrapa ses cheveux lâches et, avec une torsion rapide de son chouchou, les retira de son visage.

— As-tu bien dormi ? demanda-t-il.

— Passablement.

— Tu t'es sentie seule ? Il ne pouvait pas s'empêcher de taquiner.

— J'ai un remède contre la solitude. Ça s'appelle ma main, lui dit-elle avec un clin d'œil.

Il ne put s'empêcher de se déplacer dans sa direction.

— Je pourrais faire mieux.

— En es-tu vraiment si sûr ? La plupart des hommes pensent savoir ce qui fait qu'une femme se sent bien. Devine quoi ? Je dois souvent finir moi-même.

— Parce que tu n'as pas été avec le bon mec.

— T'es en train de dire que c'est toi ?

— Plaisir garanti.

Elle se tint sur la pointe des pieds, les mots suivants effleurant sa bouche.

— J'ai ce qu'il me faut pour la journée.

Il gémit.

— Tu me tues là, Princesse.

— Ne meurs pas tant que je ne suis pas partie. Je ne suis pas d'humeur à me débarrasser d'un autre corps.

Il resta bouche bée. Un autre corps ? Pourrait-elle être plus sexy ?

Il gravita vers elle, entrant dans la salle à manger presque sur ses talons. Ils l'avaient pour eux.

Poppy avait préparé un buffet : pancakes, saucisses, bacon, œufs brouillés et fruits, ainsi que du café et du jus.

— Des galettes de pommes de terre. Putain, mon truc préféré.

Val en prit deux, ainsi que des fruits et du bacon.

Elle s'assit sur le banc et il prit place en face d'elle pour éviter qu'elle l'ignore

— Comment s'est passée ta nuit ? demanda-t-il.

— Excellente. Ton lit est très confortable. Cela dit, tu vas devoir changer les draps quand je partirai. Possible qu'ils aient été un peu mouillés.

Une réponse ronronnée qui le fit bander.

Espérons qu'elle n'ait pas deviné son envie soudaine de les renifler comme un pervers. Merde. Qu'est-ce qui n'allait pas chez lui ? Il fallait qu'il se maîtrise.

— En parlant d'humidité, as-tu apprécié la pomme de douche amovible ? Il y a plusieurs paramètres.

À son tour d'arrondir la bouche avant qu'elle ne se rattrape.

— Je ne manquerai pas de te le faire savoir une fois que j'aurai essayé.

Il aurait pu mourir à cet instant. Il mangea pendant un instant, se concentrant sur le croquant et la saveur de sa nourriture.

Nova arriva entre-temps, avec Hammer. La conversation générale lui permit de se cacher derrière les vannes occasionnelles d'Hammer.

L'arrivée de Meadow et de Rok, elle rougissant et lui ayant un air satisfait, signifia un peu plus de chaos. Dès qu'Asher le put, il s'absenta sous prétexte de courir en ville pour faire des courses. Ce n'était pas tout à fait faux. Il prit son temps, déjeuna s'arrêta au bureau de poste pour prendre le courrier pendant qu'il était là. Ce fut sur le chemin du retour qu'il eut des ennuis.

Il avait emprunté la Big Betty de Rok, qui toussa, cracha de la fumée et finit par mourir à une vingtaine de kilomètres du ranch. Merde. Il devrait marcher, car, avec un humain sur place, impossible de se promener à quatre pattes.

À moins qu'il ne puisse trouver quelqu'un pour venir le chercher. Son téléphone ne coopérait. Le signal, même avec les satellites, pouvait être délicat à trouver. Il sortit du camion et se tint sur le capot, son téléphone en l'air, espérant que le SMS qu'il avait envoyé à Rok serait reçu.

Ping.

Il raccrocha son téléphone et grogna à la vue de la notification annonçant que le message avait été reçu, et à la réponse, un émoji de pouce levé. Rok enverrait quelqu'un le chercher.

Il posa son cul sur le capot, laissant pendre ses jambes, pour attendre. Il aurait pu gémir en voyant qui ils avaient envoyé.

— Toi ?

Val haussa un sourcil en sautant du siège conducteur de son SUV.

— Je suis désolée, tu aurais préféré un plouc au ventre rempli de bière qui voudrait te faire payer trois fois le prix d'un remorquage ?

— Comment toi et ton jouet êtes-vous censés aider ?

— D'une part, mon Grand Cherokee a un moteur 5,7 Hemi. Il peut remorquer plus de trois mille kilos.

Il siffla.

— D'accord, c'est impressionnant. Pourquoi aurais-tu besoin d'autant de puissance ?

— Pour mon bateau.

Il cligna des yeux.

— Ton bateau ? Tu veux dire comme un kayak ou un truc comme ça ?

N'était-ce pas ce que les citadines aimaient ?

— C'est un bowrider de dix-huit pieds. Idéal pour sortir sur le lac ou en rivière.

— Attends une minute. Tu conduis un vrai bateau, pour le plaisir ?

Elle leva les yeux au ciel.

— Pourquoi d'autre ?

— Ça ne te ressemble pas. Je pensais que tu détestais le plein air.

— Je déteste être dans le trou du cul du monde. Donne-moi un chalet de luxe à Banff avec un bain à remous et une cheminée en pierre et je suis au paradis.

— Mais tu n'aimes pas la nature.

— En être proche, ce n'est pas mon truc. La regarder, c'est différent. J'aime un porche grillagé ou une belle grande fenêtre avec vue.

— Ce n'est pas comme ça que tu es censée utiliser l'extérieur.

— Maintenant, as-tu fini de remettre en question mes choix de vacances ? Allons t'accrocher. Et par nous, je veux dire toi. Ces ongles ne sont pas faits pour le travail manuel.

Là, elle redevint une princesse. Une princesse sexy qu'il était sur le point de commander.

— Bouge ton 4x4 pour que l'arrière soit proche de

l'avant de Betty. Rok t'a donné la barre en T, au moins ?

— Ce truc dégueu à l'arrière ? Je leur ai fait poser une bâche en premier.

Asher le saisit et l'accrocha au crochet avant de laisser tomber le treuil qui abaissait la barre pour l'accrocher à l'essieu avant du camion. Une manivelle grinçante le souleva du sol. Il plaça la transmission du camion au point mort avant de monter sur le siège passager.

Le rembourrage chauffant était agréable, mais il se trouva plus distrait par l'odeur qui l'entourait. Ce serait peut-être trop difficile à gérer pour lui. Il baissa la vitre.

— Il fait chaud ici, marmonna-t-il.

— Seulement si tu es un ours polaire.

Il se hérissa :

— Comme si je pouvais être quelque chose d'aussi galeux.

— Pardon. T'es quoi alors ? Un porc-épic ?

Il faillit répondre qu'il était loup. Il choisit de jouer la sécurité :

— Tu vas pouvoir conduire ? Cela peut être délicat avec une charge sur le dos.

— Tu es sénile ? Je viens de te dire que je tire un bateau avec mon camion.

— Ce n'est pas un camion.

— Tu joues sur les mots. Et oui, ça ira. Mon grand-père m'a fait faire du remorquage pendant les étés quand j'étais à l'université.

Elle mit les gaz et la voiture se mit en mouvement.

— Tu as des membres de ta famille dans chaque industrie ?

Elle en avait déjà mentionné plusieurs.

— Oui.

— Pratique.

— Chiant. Si j'ai besoin de quelque chose et que je ne passe pas par eux, ils peuvent vraiment s'énerver. En même temps, je ne suis pas ravie que ma tante à Toronto et mon oncle à Fredericksville s'attendent à ce que je les utilise, mais ne proposent pas de réduction familiale.

— Quels connards.

— Pas vrai ?

À sa grande surprise, elle jeta un coup d'œil avant de lui demander :

— Tu as de la famille ?

— Tout le monde au ranch.

— Je voulais dire de la famille de sang.

— Ma mère et une sœur. Mais je ne suis pas allé les voir depuis un moment.

— Pourquoi ?

— C'est loin.

— Ce n'est pas la seule raison, supposa-t-elle.

— Parce que c'est plus facile pour elles si je ne suis pas là.

Puis, réalisant que cela semblait pathétique et geignard, il a ajouté :

— Nous échangeons des SMS, des conversations vidéo et d'autres choses, en revanche.

— Ça doit être agréable et calme. Je pensais qu'à la mort de mes parents, j'en aurais fini d'être gentille et sociable. Mais non. Ma famille élargie est toujours là, peu importe combien de fois je leur crie de s'en aller.

— Tu n'as pas l'air de les aimer.

— La plupart sont des escrocs et des imbéciles.

— C'est pour ça que tu es amie avec Meadow ?
Ses lèvres se retroussèrent.
— Elle est assez droite dans ses bottes. Quelqu'un doit l'empêcher de se blesser.
— Rok le fera. Il en est fou amoureux.
— Pour le moment. Cela semble juste trop rapide.
— Parce que lorsqu'on rencontre la bonne personne, on le sait instantanément.

Ce baiser de la nuit dernière avec Val n'avait fait qu'empirer les choses pour lui.

— La luxure n'est pas de l'amour.
— Non, ça ne l'est pas. Mais c'est souvent un indicateur. Dis-moi, Princesse, maintenant que tu as goûté à moi, en veux-tu plus ?
— Je conduis.
— Ce n'est pas une réponse.
— Bien. Je ne ressens pas d'envie. Tu étais correct, sans plus.

Son ego n'aimait pas cette réponse.

— Ce baiser était plus que correct.
— Tu peux penser ça si ça te fait te sentir mieux.

Elle haussa les épaules d'un geste nonchalant, et pourtant il entendit la façon dont sa respiration s'accéléra, sentit son échauffement. Mais le plus accablant de tout, il sentit son excitation.

— Alors mon baiser n'a pas fonctionné. Qu'en est-il de mon toucher ?
— Qu'en est-il, quoi ?
— As-tu aimé ça ?

Son souffle se coupa avant qu'elle ne lâche :
— Non.

— Menteuse.
— Qu'est-ce qui te fait penser que je mens ?
— Parce que je sais que tu es mouillée. Je sais que tu t'es masturbée en pensant à moi.

Ses yeux brillaient.

— Je n'ai pas pensé à toi.
— Bien sûr que tu as pensé à moi. Ne t'inquiète pas, Princesse, ton désir pour moi est naturel. Tu ne peux pas t'en empêcher. Encore mieux, tu n'as pas à souffrir. Laisse-moi apaiser ton désir.

Sa bouche s'arrondit.

— Je ne vais pas coucher avec toi.
— Pas besoin de sexe, vu que je suis assez doué de mes doigts.

Assez doué pour qu'elle puisse peut-être lui rendre la pareille. Peut-être pourraient-ils tous les deux voir leur désir apaisé sans avoir besoin d'aller plus loin.

— Beurk. C'est dégueu. Je ne peux pas croire que tu aies dit ça.
— Y a-t-il une belle façon de dire que je veux te baiser avec mon doigt ?

Oui, il était délibérément grossier parce que son excitation le rendait fou. Soit ils faisaient quelque chose pour soulager son désir, soit elle aurait besoin de le repousser.

— Et si tu ne disais rien du tout ?
— C'était simplement une offre.
— Une offre vulgaire et inappropriée.
— Tu as raison. Tu veux me gifler ?

Il lui offrit une joue et un sourire.

— Tu penses que tu es si mignon et intelligent alors que tu es suffisant et vraiment grossier. Un plouc sans aucune manière. Penses-tu vraiment que tu as la moindre chance avec moi ?

Elle l'avait frappé fort et sous la ceinture parce qu'il se croyait mignon et intelligent. Mais se trompait-il ?

Il aurait peut-être davantage douté de lui s'il n'avait pas flairé la vérité.

— Je pense que tu protestes trop, Princesse. Parce que je sais que tu es mouillée.

— Ce n'est pas le cas.

— Non ? Alors tu n'es pas intriguée par le fait que je me rapproche de toi ? demanda-t-il en se penchant. Par l'idée de partager un autre baiser pendant que ma main remonte sur ta cuisse ?

— Tu penses vraiment que je suis si facile ? Essaie, le défia-t-elle.

Il décida de relever ce défi.

— Tu ne sens rien quand je mets ma main ici ? Il agrippa sa cuisse avant de faire glisser sa main légèrement plus haut.

Le souffle de Val se coupa.

— Rien.

— Et mon baiser ? Tu as dit que c'était horrible, n'est-ce pas ?

Il souffla chaleureusement les mots sur ses lèvres.

— Peut-être que c'était pas trop mal.

— Et si on réessayait ?

Il posa sa bouche sur la sienne et l'embrassa. Suça sa lèvre inférieure comme si c'était un bonbon qui jouait avec sa langue et glissa sa main jusqu'au V de ses cuisses. Sa chaleur brûlait même à travers le tissu. Il pressa sa paume contre elle en l'embrassant.

Elle émit de légers bruits dans sa bouche et ses hanches s'appuyèrent contre sa main. Son mini orgasme le fit serrer fort. Sa réactivité était si parfaite, et elle le repoussa pourtant.

— Nous devrions y aller avant qu'ils n'envoient une autre équipe de secours.

Elle mit la voiture en marche.

— Je ne pense pas que nous ayons fini.

— Moi si, dit-elle d'un air suffisant.

Sa queue lancinante gémit, mais le mâle à l'intérieur de lui bomba sa poitrine avec fierté.

— Tu vas persister à me dire que c'était juste correct ?

Le son de sa voix était un peu trop rauque.

— Est-ce que tu te sentiras mieux si je dis que ton baiser était bien ?

— Bien ? dit-il d'un ton sec.

N'avait-elle pas ressenti la même chaleur bouillante que lui ?

— La prochaine fois, dit-elle en baissant le regard, applique-toi.

Ses mots taquins le faisaient palpiter, mais il resta aussi étrangement satisfait. Parce qu'il avait découvert une chose très importante.

Val ne pouvait pas lui résister.

Le problème était qu'il n'avait pas non plus de défense contre elle. S'ils avaient des relations sexuelles, il serait foutu. Complètement foutu. En couple à vie. L'idée lui donnait envie de sortir du 4x4 pour courir en hurlant dans les bois.

Au lieu de cela, il se demanda quand il pourrait l'embrasser à nouveau.

CHAPITRE HUIT

Pourquoi je ne peux pas lui résister ?
Val voulait être distante avec Asher, même si elle ressentait tout sauf cela. L'homme la rendait tellement folle, et depuis ce premier baiser, elle n'avait pas été capable d'oublier.

Et maintenant ? Il l'avait fait jouir sans enlever aucun de ses vêtements.

Ce n'était pas censé arriver. Elle n'était pas censée tomber amoureuse de lui. Contrairement à Meadow, elle savait qu'elle ne pouvait pas vivre ici dans les bois à plein temps. Elle était déjà fébrile. Deux jours passés, avec au moins douze autres avant le mariage.

Elle pourrait ne pas y arriver.

— Je donnerai cher pour savoir à quoi tu penses.

— Selon la somme, on peut discuter.

Il rit.

— Tu es vraiment quelque chose, Princesse.

— Pardon ?

— Tu as mal compris. Je veux dire que c'est une

bonne chose. Tu es franche. Directe. Tu ne fais semblant de rien.

— Je n'aime pas les mensonges.

Il grimaça.

— Moi non plus, mais certains sont nécessaires.

— Sur quoi tu mens ?

— Pas la taille de ma queue, parce que je sais que tu te poses la question.

Elle jeta un coup d'œil à son entrejambe puis revint rapidement à son visage. À son sourire en coin.

— Je sais exactement à quoi m'attendre.

Elle le voulait. Elle ne l'avait peut-être rencontré que la veille, mais elle coucherait avec Asher. Parce que putain... Ce mec était en train de la rendre dingue.

Mais elle détestait qu'il le sache, c'est pourquoi elle continuait à jouer l'indécise. Elle ne voulait pas être trop facile. Elle voulait le laisser se battre. Le laisser...

La main d'Asher effleura sa cuisse avant de la serrer.

— Tu veux peut-être lâcher la pédale avant le dernier virage. À cette période de l'année, les oies sont dans le coin et aiment baiser sur la route.

Elle ralentit un peu trop, voulant faire durer la sensation de ses caresses. Se souvenir de la sensation...

Il se pencha alors qu'elle se garait dans la cour pour chuchoter :

— Si tu as besoin de moi, tu n'as qu'à demander.

— Ce dont j'ai besoin, c'est de faire pipi.

Elle courut pratiquement hors du camion, ses chaussures de sport actuelles étaient un meilleur choix de chaussures pour l'endroit, bien que moins mignonnes que ses talons.

Dans la cabine d'Asher, elle s'appuya contre la porte et prit une profonde inspiration. Elle mit presque une main entre ses jambes. Comment pouvait-elle encore le vouloir ?

Cet orgasme dans le véhicule n'était qu'un apéritif. Elle imagina comment ce serait chair contre chair.

Elle trembla et courut vers son lit, sachant que sa salle de bains était trop petite pour y manœuvrer aisément. Le pantalon tomba. Sa main se mit au travail. Elle eut un orgasme fort en pensant à lui.

Cela ne l'aida pas. Elle avait toujours envie de lui et sentait maintenant le sexe. La pomme de douche amovible fit du bon travail pour déclencher un second orgasme pendant qu'elle se lavait.

Elle ressortit avec une odeur fraîche, ses hormones sous contrôle. Elle mit une tenue décontractée et se dirigea vers la maison du ranch, remarquant que le gros camion rouge n'était plus accroché à son véhicule et qu'il n'y avait personne en vue.

Elle trouva Nova au comptoir de la cuisine en train de trier une pile de courrier pendant qu'Asher était assis à la table, une tasse entre les mains.

— Tu as du courrier, déclara Nova en envoyant une lettre à Asher.

Il l'attrapa en faisant un plongeon impressionnant hors de sa chaise qui le fit rouler et sauter du sol. Il déchira l'enveloppe, et son visage traversa quelques émotions : joie, tristesse, puis résignation stoïque.

— Qu'est-ce qui ne va pas ? demanda Val en s'approchant pour jeter un coup d'œil.

— Rien, mentit-il, mais alors qu'il allait fourrer la missive dans sa poche, Val l'arracha et la lut.

— C'est une invitation à un baptême. Qui est Winnie ? La mère de ton gamin ?

Des mots prononcés sèchement.

— Jalouse ? la taquina Asher.

— Non ! souffla Val, alors même qu'elle luttait contre l'agacement.

— Pas besoin de t'inquiéter, Princesse, mon cœur t'appartient toujours. Le bébé est à ma sœur.

— Félicitations, tu es un oncle.

— Merci.

— Quand pars-tu pour voir le bébé ? demanda-t-elle en se glissant dans un siège, remarquant l'assiette de biscuits sur la table.

Seuls deux y étaient encore, avec des miettes.

— Probablement jamais, à moins que Winnie ne l'amène au ranch.

— Pourquoi cela dépend-il d'elle ? Le ranch est loin pour une visite, surtout pour quelqu'un avec un enfant, fit-elle remarquer.

— J'en suis conscient, mais je ne suis pas vraiment le bienvenu chez moi.

— Tu es le mouton noir de la famille ?

La fossette aurait dû la prévenir.

— Selon les ragots de la famille, une énorme pute.

Elle fronça les sourcils.

— C'est vrai ?

— Oui. Mais pour ma défense, ce n'est pas moi qui ai le plus séduit l'autre.

Elle pouvait l'imaginer. Avec son allure, les femmes s'étaient probablement jetées sur lui.

— Tu as donc une réputation. Je ne vois pas pourquoi cela t'empêche d'y retourner. As-tu peur que quelqu'un te traite de petite salope ?

— Disons plutôt que mon cousin essaiera de réorganiser mon visage et de me recasser quelques os. Il est toujours contrarié que j'aie couché avec la femme qu'il a prise pour épouse.

— Tu as cocufié ton cousin ?

— Cousin éloigné, et à l'époque, ils n'étaient pas mariés.

— Pas cool.

— Elle m'a dit qu'ils avaient rompu.

Elle se mordit la lèvre inférieure.

— Oh. C'est nul de sa part.

Mais elle pouvait comprendre pourquoi. Asher n'était pas comme les autres hommes.

— Maintenant, tu vois pourquoi je ne peux pas y retourner.

— Pas vraiment. Ne dis pas au cousin que tu y vas.

— Il le découvrirait. Et je ne sais pas toi, mais j'aime plutôt mon visage tel qu'il est.

— Les bleus guériront. Arrête d'être une mauviette. Laisse ton cousin te donner un ou deux coups et le problème sera résolu.

Val avait une solution.

— Si seulement c'était aussi simple. Rocco n'est pas du genre à se battre loyalement, et il y a de fortes chances que je finisse vraiment blessé. Peut-être même mort.

Elle haussa un sourcil.

— Et je pensais que ma famille était mauvaise. Pourtant, c'est de ta nièce et de ta sœur dont nous parlons. Il doit y avoir un moyen pour toi d'aller les voir, elle et le bébé.

— Il y en a un, mais il est ridicule. Je dois être marié.

Son rire était trop bruyant pour être contenu.

— Tu es trop un homme à femmes pour te caser.

— Je suis d'accord. D'où mon dilemme.

— Tu pourrais faire semblant.

Il grogna.

— Ça ne fonctionnera pas.

— Pourquoi pas ?

— Parce qu'ils s'attendent à voir ma femme. Difficile d'en fabriquer une.

Nova, qui avait passé au crible le courrier pendant tout ce temps, intervint pour dire :

— En fait, elle n'a pas tort. Une fausse épouse est la solution parfaite.

— Tu te portes volontaire ? fut sa réponse amusée.

À laquelle Valence dut se retenir d'interférer. La jalousie n'avait pas sa place ici.

— Comme si quelqu'un pouvait croire que je puisse être ta chienne.

Nova fit la moue.

— Alors je suppose que je suis un peu foutu, parce que je doute que Rok me laisse emprunter Meadow et Astra est bien trop enceinte.

— Je pourrais le faire.

Deux paires d'yeux se tournèrent vers Val.

— Toi ?

Il ne cacha pas son scepticisme.

— Oui. Moi, dit-elle en fronçant les sourcils. N'aie pas l'air si surpris et ne pense pas que c'est parce que je m'intéresse à toi ou quoi que ce soit. Je pense juste que c'est pathétique que tu aies trop peur d'aller voir ta sœur et le bébé. S'il faut être ta fausse femme pour que tu le fasses, alors qu'il en soit ainsi. C'est à côté d'Edmonton. Ce qui fonctionne en fait parce que, pendant qu'on est là pour le baptême, j'achèterai quelques trucs pour le mariage. Peut-être même que j'organiserai un enterrement de vie de jeune fille pour ma meilleure amie.

— Oh, si tu prends des strip-teaseurs, n'oublie pas une jolie fille pour moi, dit Nova avec un clin d'œil.

— Les strip-teaseurs, c'est dépassé. Nous irons au casino pour voir si nous pouvons gagner assez pour payer sa lune de miel.

— Tu as dit casino ?

Meadow apparut tout à coup.

— Tu sais que j'adore ces machines avec des poignées qui font tourner les fruits.

— Et ce que veut la future femme du patron, elle devrait l'obtenir.

Nova frappa dans ses mains.

— Je suppose que Val et Asher partent en road trip.

Une seconde. Quoi ? Val ouvrit la bouche pour refuser. Elle n'aurait jamais dû suggérer quoi que ce soit.

Asher le fit avant elle.

— Je ne pars pas.

— Pourquoi pas ? Tu penses que je ne suis pas assez bien pour être ta femme ? l'attaqua Val.

— Quoi ? s'écria Meadow en clignant des yeux. J'ai raté quelque chose ?

— Asher ne peut pas rentrer chez lui tant qu'il n'est pas en couple. Val s'est porté volontaire pour l'aider.

Nova avait un large sourire lorsqu'elle déclara :

— Par le pouvoir investi en moi par un site Internet dont je ne me souviens pas du nom, je déclare maintenant Asher et Val faux mari et femme.

— Ça ne marchera pas, a déclaré Asher.

— Tu veux voir ta famille ou pas ? craqua Val.

— Oui.

— Alors arrête de râler et commence à obéir, *mari*.

Ce mot provoqua un frisson étrange chez Val, et le visage d'Asher passa par toutes sortes d'expressions avant d'exprimer l'amusement.

— Je suppose que je ferais mieux de m'habituer aux ordres de ma patronne.

Ainsi, ils projetèrent de partir le lendemain matin. Ils n'avaient que peu de temps pour trouver quelques éléments pour s'assurer que tout fonctionne.

Étant donné qu'ils auraient besoin d'une histoire plausible, elle l'invita à retourner dans sa propre cabine après le dîner. Elle s'assit en tailleur sur le lit, il s'installa dans le fauteuil. La cabine semblait beaucoup plus petite avec lui dedans. Elle résista à la tentation d'arracher la couette et le regarda droit dans les yeux.

— Je pensais, devons-nous être mariés, ou est-ce que fiancés fera l'affaire ? Parce que cela montre l'intention, mais si plus tard tu dis que nous avons rompu, ce n'est pas aussi grave.

— Demandes-tu déjà le divorce ? s'écria-t-il en mettant une main sur son cœur.

— J'essaie juste de faire en sorte que ce soit moins un mensonge.

— Tu as des doutes ? Je sais que tu n'aimes pas les subterfuges.

— Je n'ai jamais dit que je n'étais pas fan des faux-semblants. Je déteste juste me faire avoir par des gens en qui je suis censé avoir confiance.

— Ça me paraît logique. Mais tu te rends compte que tu me demandes de mentir à ma mère et à ma sœur ?

— Tu pourrais leur dire la vérité. Ce serait juste pour convaincre ton cousin ou qui que ce soit d'autre qui pourrait te dénoncer.

— Ce qui signifie ne rien dire à ma mère et à ma sœur. Si nous voulons que cela ait l'air authentique, nous devons être suffisamment convaincants pour les tromper en leur faisant croire que nous sommes en fait un couple. Je ne pense pas que tu puisses le faire.

— Moi ? Qu'est-ce que tu insinues, exactement ?

— Il faudrait que tu sois gentille avec moi.

— Je suis gentille avec toi, dit-elle.

Il haussa un sourcil.

— Est-ce que tu te rends même compte à quel point tu m'aboies dessus ?

— Ce n'est pas parce que je m'affirme que je suis une garce.

— Je n'ai jamais dit que c'était le cas.

— Tu l'as probablement pensé, grommela-t-elle.

Cela arrivait plus qu'elle ne l'aurait souhaité. Les hommes ne pouvaient pas supporter une femme forte.

— Je trouve ton côté autoritaire sexy.

— Je ne suis pas autoritaire.

— Tu vas me dire comment ce voyage va se passer ?

— Oui. Mais je suis sûre que tu ne vas pas tout écouter.

— Il faut rendre les choses authentiques, Princesse.

— En parlant d'être gentil, quand tu m'appelles Princesse, fais-le avec amour au lieu de ton sarcasme habituel.

— Oui, Princesse, dit-il en battant des cils.

— Tu as l'air ridicule, s'esclaffa-t-elle.

— Tu ne devrais pas avoir un surnom pour moi aussi ? Mes amis m'appellent Ash.

— Ça, c'est pour tes amis. En tant qu'amoureux, nous devrions utiliser quelque chose de différent.

— En parlant d'amoureux, peux-tu supporter que je te touche en public ?

— Tant que tu n'es pas dégoûtant. Je n'aime pas les DPA.

Il cligna des yeux.

— Les démonstrations publiques d'affection. Alors les bisous sur la joue, se tenir la main, bien, les grosses pelles et la main sous ma jupe, non.

— En es-tu si sûre ? Parce que je parie que ça te plairait.

Elle ne ferait pas ce pari parce qu'elle savait qu'elle le perdrait.

— J'ai accepté d'être ta fausse partenaire, pas ta poupée sexuelle.

— Entendu. Serais-tu d'accord pour que nous partagions une chambre ? Ma mère et ma sœur n'ont pas de grands appartements.

Elle leva une main.

— Attends. Je n'aime pas les chambres d'amis ni les

canapés. Sans oublier que cela pourrait mettre un peu trop de pression sur notre fausse relation. On devrait rester à l'hôtel. Nous pouvons en réserver une avec une paire de lits queen size, pour que nous ayons chacun notre propre lit.

— Tu es inquiète de partager un lit avec moi, Princesse ?

— Je peux te gérer si tu deviens trop fringant.

— Moi ? Je parlais de toi. Nous savons tous les deux que tu me veux.

— Non, souffla-t-elle.

Elle n'était que trop consciente de sa présence en face d'elle.

— Quiconque nous regarde ressentira la tension sexuelle.

En cela, il pourrait avoir raison.

— Et comment proposes-tu que nous corrigions cela ?

Son sourire lent l'avertit.

— De nombreux orgasmes à l'avance.

Ça faisait presque mal de le rejeter.

— Nous n'avons pas le temps. Nous partons le matin.

À son tour d'arquer un sourcil.

— Est-ce un défi ?

La dernière fois qu'elle lui en avait lancé un, il l'avait fait jouir tout habillée.

Elle lui sourit d'un air narquois.

— Au moins cette fois, nous avons un lit.

Bien que généralement audacieuse, c'était le niveau au-dessus pour Val. Elle préférait faire attendre ses amants un peu plus longtemps. Les faire l'inviter à dîner et à sortir. Les faire haleter et arriver au point qu'ils suppliaient.

Avec Asher, c'était elle qui était prête à mendier.

Sans mentionner qu'ils venaient juste de se rencontrer et que coucher avec lui maintenant serait gênant étant donné qu'elle allait être avec lui pendant les deux prochaines semaines. Elle le voulait.

— Je...

Quoi qu'il ait pu dire, il fut interrompu par quelqu'un qui frappa à la porte.

— Salut, est-ce qu'Ash est là ?

— Oui, Hammer ?

— J'ai une liste de trucs que j'ai besoin que tu prennes pendant que tu es en ville. Loch en a une aussi. Oh, et Gary parlait de carrelage pour la salle de bains.

Asher grimaça.

— J'arrive.

Il la regarda.

— Je suppose que nous devrons retarder ce défi.

Elle lui fit un sourire timide.

— Et si c'était une offre unique ?

— Alors tant pis. À demain matin, Princesse. Fais de beaux rêves de moi, lui dit-il avec un clin d'œil, puis il partit.

Évidemment, elle rêva de lui toute la nuit.

CHAPITRE NEUF

Asher s'est échappé avant de pouvoir changer d'avis et de revendiquer Val.

Il n'était pas prêt à s'engager. C'était déjà assez qu'il ait, Dieu seul savait comment, été mêlé à un plan pour faire d'elle sa fausse épouse. Mieux valait ne pas jouer le jeu trop longtemps. Il était déjà fou d'elle.

Cette pensée fit se nouer son estomac tout en le remplissant d'un picotement d'anticipation. S'il n'avait pas eu l'excuse parfaite, il l'aurait baisée. Même s'il savait qu'il ne devrait pas. S'ils étaient destinés l'un à l'autre, alors le sexe les lierait pour la vie. Ce n'était pas juste si elle ne savait pas toute la vérité.

Ils étaient incompatibles. Il vivait ici, en pleine cambrousse. C'était une fille de la ville jusqu'au bout des ongles.

Là encore, des compagnons destinés à être ensemble étaient assortis exactement parce qu'ils étaient parfaits, ce qui signifiait qu'elle devrait être capable de gérer son côté garou. Mais comment l'aborder puisqu'il ne pouvait pas admettre la vérité sans qu'elle soit d'abord liée par serment ? Oserait-il même le faire ? La moitié du temps, il n'était même pas sûr qu'elle l'appréciait. Son toucher, oui. Mais Asher en tant que personne ? Elle se moquait de lui à chaque instant.

Il adorait ça chez elle. Et s'il se trompait, pourtant ? La dernière fois qu'il s'était senti ainsi, il avait fini par se faire casser la gueule. L'indécision le fit se tourner et se retourner, tant et si bien qu'il tomba deux fois du hamac avant de se résigner à dormir sur le porche.

— Ahem.

Un éclaircissement de la gorge le réveilla le lendemain. Val se tenait au-dessus de lui, portant un pantalon, malheureusement.

Il roula sur le dos.

— Bonjour, Princesse.

— Pourquoi es-tu dehors ?

— Pour profiter du grand air.

— Est-ce parce que je suis dans ton lit ?

— Ne me dis pas que tu te sens coupable de le prendre ?

Il se leva sur un coude.

— Non.

Elle entra dans la maison, et après s'être levé lentement, il la suivit. Il prit une douche et s'habilla avant de la rejoindre au comptoir de la cuisine où elle mangeait un bol de céréales (des flocons d'avoine fraîchement préparés avec des raisins secs) et buvait du jus d'orange.

— J'ai préparé quelque chose qui vous collera au ventre.

Poppy se détourna du poêle avec un autre bol fumant.

— Passe-moi le sucre.

Il s'assit, saupoudra le bol de cassonade.

— Tu veux des flocons d'avoine avec ça ? demanda Val sèchement.

— C'est délicieux, dit-il entre deux bouchées.

— J'ai préparé un déjeuner et des collations pour le voyage, fit Poppy en posant un sac isotherme sur le comptoir.

Les yeux de Val s'écarquillèrent, mais Asher n'était pas surpris.

— J'ai entendu dire que nous faisions l'enterrement de vie de jeune fille à Edmonton ? ajouta Poppy timidement.

— Oui. Si tout se passe bien, nous aurons le penthouse d'un hôtel-casino avec quatre chambres, chacune avec sa propre salle de bains et un immense salon avec vue sur la ville.

— Cela semble cher.

— C'est le cas pour la plupart des gens. Pas pour moi. Ma tante Cécile gère un casino à la périphérie de la ville.

— Combien de cousins as-tu ? demanda Asher.

Il avait perdu le compte des membres de sa famille.

— Vingt-trois. Peut-être vingt-quatre s'il s'avère que le bébé est celui de l'oncle Giorgio.

— Tu es proche de ta famille ?

Elle plissa le nez.

— Cela dépend ce que tu veux dire par proche. Nous sommes liés par le sang. Nous nous voyons aux réceptions familiales auxquelles je choisis d'assister. Ce qui n'est pas beaucoup. Mes parents n'étaient pas exactement appréciés.

Ne demande pas pourquoi. Ne demande pas...

— Pourquoi ?

— Disons simplement qu'ils n'étaient pas d'honnêtes citoyens.

— Désolé d'entendre ça.

— Pourquoi ?

Elle le regarda avec franchise.

— Tu n'as aucune raison de ne pas t'en foutre. Je m'en moque. C'est comme ça. J'ai survécu à leur parentalité merdique malgré leurs meilleures tentatives.

— Quand veux-tu partir ? demanda-t-il avant d'en savoir encore plus sur elle.

Se tenir à l'écart voulait dire ne pas trop s'approcher. Une bonne chose que Val semble vouloir le tenir à distance.

— Maintenant.

— Tes désirs sont des ordres, Princesse.

Il s'installa sur le siège passager pendant que Val conduisait comme une psychopathe qui fuyait la fin du monde.

— Tu ne vas pas un peu vite ?

Une question ironique étant donné la vitesse à laquelle il conduisait habituellement.

Elle lui montra le système de navigation avec l'estimation de leur heure d'arrivée.

— Je suis presque sûre que je peux gagner au moins une heure là-dessus.

Il haussa un sourcil.

— Tu sais que ça ne compte que si nous arrivons vivants.

— As-tu peur qu'une femme conduise ?

— Plutôt peur de l'orignal qui voudrait soudainement se mettre devant les voitures et prouver qui est le plus fort.

— C'est la raison pour laquelle Cousin Vinny a installé un pare-buffles à l'avant.

Il faillit se cogner la tête contre le tableau de bord. Cette femme était folle. Et bonne. Une combinaison dangereuse.

Il fallut deux heures de trajet, pendant lesquelles il fit une sieste puisqu'il avait hyper mal dormi, puis la première partie des collations de Poppy avant qu'il n'aborde leur visite chez sa mère et sa sœur.

— Nous devrions probablement accorder nos violons, dit-il, essayant de ne pas broncher alors qu'elle mangeait d'une seule main et prenait les virages à près de deux fois la limite de vitesse affichée.

— Tiens-t'en à la vérité autant que possible. C'est ce que dirait mon oncle Karlos. Il est avocat. L'histoire de base est simple. Nous nous sommes rencontrés à cause de Meadow, nous sommes tombés follement amoureux et nous nous sommes fiancés presque immédiatement.

Un scénario plausible, sauf que sa famille saurait tout de suite qu'elle n'était pas sa compagne parce qu'elle n'avait pas son odeur.

— Cela pourrait fonctionner si ma famille n'était pas au courant de mon aversion pour le mariage.

— Pourquoi haïr le mariage ?

Il haussa les épaules.

— Je ne le hais pas, disons plutôt que je n'en suis pas fan. Je pense que trop de gens se marient pour de mauvaises raisons.

— Quelle est la bonne raison ?

Ça avait l'air idiot, mais il le dit quand même.

— L'amour, le vrai.

Elle poussa un grognement.

— Et comment savoir si c'est le vrai ou non ?

— On ne le sait pas. C'est pourquoi je préfère l'éviter.

Une chose qu'il disait depuis des années, et pourtant, assis à côté de Val, il voulait quelque chose de différent. Il la voulait, elle.

— C'est toi qui as dit que nous devions être un couple pour leur rendre visite. Ce que je ne saisis toujours pas. Est-ce que ton cousin va soudainement être moins énervé parce que tu es avec quelqu'un ?

— Oui.

— C'est stupide.

— Compliqué, plutôt.

— Apparemment. Ta famille fait-elle partie d'une autre secte ?

À son tour de pousser un petit rire amusé.

— On peut dire ça comme ça.

— Comment pouvons-nous rendre les choses crédibles, alors ? Et si tu dis en baisant, je jette ton cul sur le bord de la route tout de suite.

— Pas de sexe.

Le sexe les foutrait en l'air tous. Le manque de sexe, cependant, lui donna une idée.

— Est-ce que tu peux prétendre être religieuse ?

— Je suis catholique. Pas besoin de faire semblant,

même si je ne suis ni croyante ni pratiquante. Pourquoi ? demanda-t-elle en lui jetant un bref coup d'œil.

— Parce que les gentilles filles catholiques n'ont pas de relations sexuelles avant le mariage.

Son rire résonna.

— Tu veux que je fasse semblant d'être vierge ?

— Cela expliquerait pourquoi j'étais prêt à me fiancer. Nous pourrions également obtenir des chambres séparées. Il devait éloigner la tentation s'il voulait s'en sortir indemne.

— Ta famille ne va-t-elle pas penser que tu joues avec moi avec tout ce truc de fiançailles rapides juste pour m'enlever ma culotte ?

— Ils pensent déjà que je suis un coureur de jupons.

— Il y a du potentiel, marmonna-t-elle. Puis elle lui jeta un autre coup d'œil.

— Mais c'est aussi complètement fou. Qui croira que je suis vierge ? Regarde-moi. Presque trente ans et super bonne.

— Malchanceuse en amour jusqu'à présent et déterminée à attendre la nonne.

— Toi ? demanda-t-elle en ricanant. Je suppose que tu es assez joli pour que ce soit crédible.

Il valait mieux, parce que l'alternative était de céder à l'ardeur qui le consumait et de faire d'elle sa compagne.

CHAPITRE DIX

À MI-CHEMIN DE LEUR DESTINATION, Val permit à Asher de prendre un peu le volant... à contrecœur. Bien qu'il ne conduise pas aussi vite qu'elle, il dépassa largement la limite de vitesse, ce qui signifia qu'ils arrivèrent à Edmonton avant le dîner. Ils ne s'arrêtèrent que deux fois parce que le café qu'elle avait bu l'avait traversée d'un seul coup.

Bien qu'ils aient élaboré un plan d'action, et échangé des détails personnels pour rendre leur faux engagement plus réel, ils n'avaient pas compté sur le fait qu'une convention perturbe leur décision de louer deux chambres séparées. L'hôtel débordait d'invités, dont beaucoup étaient bruyants et déjà ivres. C'était de la faute de Val. Elle n'était plus elle-même depuis leur rencontre.

Asher grimaça.

— Peut-être qu'on devrait aller ailleurs.

— Nous n'aurons à partager qu'une seule nuit, remarqua-t-elle. Aujourd'hui est leur dernier jour.

— Je suppose. Il n'avait pas l'air enthousiaste, ce qui l'agaçait au plus haut point.

D'abord, le mec était passionné avec elle, et voilà qu'il faisait à présent tout ce qu'il pouvait pour rester à distance. Il n'avait pas posé le plus petit doigt sur elle depuis leur grosse séance de pelotage. Il n'avait même pas essayé de la toucher pendant le voyage.

Elle avait en quelque sorte espéré, voire attendu qu'il la caresse et la pénètre avec son doigt, comme il l'avait mentionné. Il ne lui restait plus qu'à espérer que la douche ait une tête amovible. Ou redeviendrait-il le dragueur habituel une fois qu'ils seraient entrés dans la chambre ? Parce qu'elle jurerait qu'il était toujours intéressé. De son côté, elle était clairement restée dans la luxure.

— Ne t'inquiète pas, mon sucre d'orge, je promets de ne pas compromettre ta vertu.

— Sucre d'orge ?

— Parce que tu es doux et collant ?

— Tu n'es pas sérieuse.

— Tu es bien difficile. Tu ne m'as pas entendu me plaindre de ton surnom pour moi.

— Un surnom qui t'a rattaché à la royauté.

— Les sucres d'orge sont agréables à sucer, dit-elle avec une expression candide.

Sa pomme d'Adam tressauta :

— Non.

— Tu n'es pas drôle. Ne t'inquiète pas, je penserai à autre chose, lui dit-elle avec un clin d'œil. Revenons à la chambre. Tu devrais me remercier. Nous avons eu la chambre au tarif familial préférentiel.

— Si l'argent est un problème, je peux payer deux chambres ailleurs.

— Et offenser ma tante ? Arrête de râler et apporte les sacs.

Elle s'en alla, le laissant les porter, parce que s'il ne le faisait pas, la tante Cécile en entendrait parler et ferait rapport à la famille. Ensuite, Val devrait faire face aux appels téléphoniques et aux messages au sujet de son fiancé merdique. En fait, elle pouvait juste imaginer la fureur quand la nouvelle se répandrait qu'elle s'était pointée avec un homme. Au moins, cela ferait taire quelques tantes qui se lamentaient que la pauvre Valencia finirait vieille fille.

Ce serait probablement le cas. La plupart des hommes l'ennuyaient. Elle jeta un coup d'œil à Asher, qui transportait facilement son énorme valise avec son propre sac.

Asher ne l'ennuyait pas. Du moins, pas encore. Mais elle ne le connaissait que depuis deux jours. Il deviendrait vite ennuyeux. Même s'il ne le faisait pas, elle devait juste se rappeler qu'il était un garçon de la campagne. Même s'ils continuaient à s'entendre, ça ne pourrait aller nulle part, parce qu'elle ne s'éloignerait pas de la ville. La banlieue était aussi loin qu'elle pouvait aller.

L'accueil était noir de monde. Comme si Val devait attendre.

La tante Cécile en personne beugla :

— Valencia, par ici !

La femme, à la grande et large stature, lui fit un signe de la main. Elle avait de beaux traits, quoiqu'anguleux, avec un nez un peu busqué. Sa tante ne s'était jamais mariée et avait proposé plus d'une fois à une jeune Valencia de venir vivre avec elle plutôt qu'à ses propres parents. Mais cela aurait voulu dire abandonner Meadow à Calgary. Val avait préféré voir sa meilleure amie régulièrement et se faire gâter par sa famille de temps en temps.

Elle endura une longue étreinte avant que sa tante ne la fixe, cataloguant chaque centimètre.

— Trop maigre, jugea-t-elle avant de poser son regard sur Asher.

Elle le regarda plus intensément avant de sourire.

— Trop joli.

Le goujat prit la main de Cécile et y déposa un baiser.

— J'étais sur le point de dire la même chose. Je vois que la beauté est de famille.

— Oh, c'est un charmeur, murmura Cécile. Venez. J'ai bien peur que votre chambre ne soit pas la meilleure. Je n'en ai qu'une disponible parce qu'on a viré son occupant. Il pensait qu'il pouvait taper les fesses de mon personnel.

— Quel enfoiré, déclara Val.

Pendant qu'Asher flirtait :

— Est-ce que cela signifie que je ne peux pas vous donner une petite tape affectueuse ?

— Pour toi, je ferai une exception, ricana Cécile.

Cela fit presque voir Val en rouge jusqu'à ce qu'elle se force à se rappeler qu'elle s'en fichait.

Comme s'il sentait son agacement, il passa un bras autour de sa taille.

— Peut-être pas pendant que ma fiancée est dans le coin. Elle est du genre jaloux.

— Fiancée ?

Un gémissement manqua d'échapper à Val quand elle vit le choc sur le visage de sa tante.

— Elle n'en a pas dit mot dans son message. Juste qu'elle amenait un ami.

Elle insista sur le dernier mot en regardant Val avec un air accusateur.

— Surprise, répondit Val sèchement.

— Où est la bague ?

Cécile regarda son doigt nu.

— C'est une des raisons pour lesquelles nous sommes ici. Il n'y a pas beaucoup de choix où je vis, et, eh bien, je ne pouvais tout simplement pas attendre de la demander en mariage, rajouta Asher.

Cécile l'avala.

— Je suppose que la famille ne sait pas.

— Ils le sauront demain matin, j'en suis sûre, marmonna Val.

— Bien avant ça.

Cécile n'essaya même de nier le fait qu'elle leur en parlerait.

— Avez-vous fixé une date ? Choisi un lieu ? Tu sais qu'on fait des mariages ici.

— Pas de date et, avant que tu le demandes, l'enterrement de vie de jeune fille du penthouse est pour Meadow. Et seulement Meadow. Je ne lui enlèverai jamais sa journée spéciale.

— La petite Meadow se marie. Cécile secoua la tête.

Regardez-vous tous les deux, à vouloir vous enchaîner à un seul homme.

— Seulement parce qu'elle a rencontré le bon, chantonna Asher. Puisque tu poses la question, nous allons probablement nous marier bientôt. J'ai hâte que Valencia soit à moi.

Une déclaration qui aurait dû être répugnante. Au lieu de cela, elle la fit frissonner. Asher la serra plus fort contre lui, un bras contre elle, l'autre portant leurs bagages. Un exploit admirable.

Sa tante s'arrêta près de l'ascenseur et leur remit deux cartes magnétiques.

— Elles vous mèneront dans la chambre 713 ce soir, au penthouse demain à 15 heures. C'est moi qui régale en ce qui concerne le service de chambre, alors commandez ce que vous voulez.

— Merci.

— Ne me remercie pas. Tu viens de me donner la meilleure récompense. Attendez que tout le monde apprenne la nouvelle !

Ce ne fut que lorsque les portes de l'ascenseur se refermèrent que Val se plaignit.

— Mon téléphone ne va pas arrêter de sonner, ce soir.

— Je pensais que tu n'étais pas proche de ta famille.

— C'est exact.

— Ta tante semble vraiment t'apprécier.

— C'est le cas. Ils m'apprécient tous. Ça ne veut pas dire que je les aime en retour.

Ils avaient tous été témoins de son enfance et avaient proposé de l'aider. Elle avait refusé. Mais la honte persistait. Cependant, elle ne permettait pas à la fierté de faire obstacle aux affaires familiales. Ils étaient encore plus offensés quand elle le faisait.

— Ça doit être horrible d'être autant aimé.

Pour une raison quelconque, les taquineries l'irritaient. Elle le frappa et sortit de son étreinte.

— Tu n'as aucune idée de ce dont tu parles. Alors ferme-le, Sparkie.

— Sparkie ? Quel genre de surnom c'est, ça ?

— Tu n'as jamais vu de film de Griswold ?

Une moue de dégoût tordit ses lèvres.

— Est-ce que tu me compares à Chevy Chase ?

— Eh bien, vous avez tous les deux les cheveux clairs et vous pensez que vous êtes drôle. L'ascenseur s'arrêta et les portes s'ouvrirent. Elle sortit et ne prit pas la peine de vérifier s'il suivait. Ce n'était pas nécessaire. Elle sentait sa présence comme s'il était sur son radar.

La porte de leur chambre était au fond, près des escaliers. Excellent. Elle l'ouvrit pour trouver un espace de taille décente. Propre. Deux lits. Une salle de bains. La vue par la fenêtre donnait sur le parking. C'était à peu près aussi grand que sa cabine, et pourtant, lorsqu'elle se retourna pour le voir fermer la porte, ça lui sembla minuscule.

Il laissa tomber les bagages sur le premier lit et s'étira.

— Je ne sais pas toi, mais moi, j'aurais bien besoin d'une douche.

La remarque lui fit imaginer un Asher nu et mouillé. Humm...

Elle pouvait voir qu'il rongeait son frein, mais il ne fit aucun mouvement vers elle.

— Tu veux faire pipi avant ?

Elle avait besoin de faire quelque chose dans la salle de bains, mais pas ce qu'il suggérait.

— Vas-y. Ça ira.

Seulement ce n'était pas le cas.

Elle n'arrêtait pas de regarder la porte de la salle de bains. La porte déverrouillée. Il l'avait fermée, mais n'avait pas enclenché le loquet. Est-ce qu'il protesterait si elle le rejoignait ?

Il n'avait rien fait pour indiquer qu'il la voulait si près de lui. Peut-être était-il nerveux à l'idée de voir sa famille.

Quand il émergea enfin dans un nuage de vapeur, une serviette autour de la taille, elle déglutit difficilement à la vue de sa poitrine lisse. Plus poilu que prévu. Bien.

Il s'appuya sur son sac de sport.

— J'ai oublié de prendre des vêtements propres.

Elle oublia comment parler pendant qu'elle le regardait. Cet homme était beau comme un dieu. Musclé. Mince. Bon à lécher.

— Je dois faire pipi.

Elle courut dans la salle de bains, manquant de passer une main sur la peau d'Asher en passant. Elle ouvrit le robinet et s'éclaboussa le visage. N'importe quoi pour faire refroidir son corps.

Elle pensait à prendre sa propre douche quand on frappa à la porte. Probablement le service de chambre. Connaissant sa tante, elle avait envoyé de la nourriture ou du vin.

Elle avait tout faux, et sortit juste à temps pour voir Asher ouvrir la porte à une femme qui s'écria :

— Je suis si heureuse que tu sois là ! Puis l'inconnue se jeta sur lui.

Val faillit craquer. Pourquoi ? Elle se fichait de qui serrait Asher dans ses bras.

Il avait admis être un homme à femmes. Était-ce la femme de l'infâme cousin qui l'avait ostracisé ?

Il se retourna, son bras autour des épaules de la jeune femme, rayonnant.

— Val, j'aimerais te présenter ma petite sœur, Winnie. Winnie, dis bonjour à ma fiancée, Valencia.

— Fiancée !

De nouveaux couinements s'ensuivirent, ainsi que des coups de poing lorsque sa sœur lui donna un coup dans les côtes.

— Espèce d'abruti. Tu ne nous as jamais dit que tu sortais sérieusement avec quelqu'un !

— C'était soudain, offrit Val, sa jalousie se cachant maintenant qu'elle savait qu'il n'y avait aucune raison d'être jalouse. Peu importe le fait qu'elle n'aurait pas dû s'en soucier du tout.

— Je n'arrive pas à y croire. Je vais enfin avoir une sœur, déclara Winnie avant de fondre en larmes.

CHAPITRE ONZE

À la vue des larmes, Asher paniqua.

— Winnie, ne pleure pas.

— Ce sont des larmes de joie, pleurnicha-t-elle. J'ai toujours voulu une sœur.

— Nous ne sommes pas encore mariés, intervint Val avec l'air de vouloir fuir.

— Je sais. Mais vous allez l'être. Je connais Asher. Il ne t'aurait pas amené si ce n'était pas sérieux.

Winnie essuya les traînées humides de ses yeux.

— Regardez-moi. Je suis dans tous mes états à cause de mes hormones.

— Toujours aussi sentimentale. Tu es superbe, ma sœur.

Winnie rayonnait.

— Je le suis maintenant. Tu aurais dû me voir pendant le premier trimestre, à vomir partout. Pauvre Gordie. C'est un vrai champion, qui nettoyait après moi.

— Que fais-tu ici ? demanda Asher en fermant la porte derrière elle.

— Question stupide. Tu sais depuis combien de temps je ne t'ai pas vu en personne ?

Cela faisait quelques années, depuis le voyage qu'il avait effectué pour la retrouver à Calgary, loin de Rocco et de son père.

— Nous discutons par visio chaque semaine.

— Ce n'est pas pareil, fit-elle en faisant la moue avant de tourner son attention vers Val. Je suis si heureuse que tu aies trouvé quelqu'un.

— C'est plus elle qui m'a trouvé. C'est la meilleure amie de Meadow, la future épouse de Rok.

Winnie frappa dans ses mains.

— Oh, c'est tout simplement parfait. Les meilleurs amis épousent les meilleurs amis de l'autre, et tout le monde vit ensemble au ranch.

Asher pouvait voir Val paniquer, alors il déclara rapidement :

— Nous n'avons pas encore décidé où nous habiterons. Val préfère vivre en ville.

— En ville comme à Edmonton ? demanda Winnie avec espoir.

— À Calgary, en fait, déclara Val.

— Ce qui est toujours plus proche que là où tu vis maintenant, dit Winnie avec un hochement de tête. Je n'arrive toujours pas à croire que vous êtes fiancés. Je veux tout savoir.

— Il n'y a pas grand-chose à dire. Ça a été une cour éclair. Mais comment pourrais-je résister à ce visage de chiot.

Val s'approcha et lui pinça les joues en roucoulant :

— Tellement adorable.

C'était trop, mais sa sœur sourit, avalant tout.

— Il a toujours été trop mignon. Tu ne peux pas imaginer à quel point je suis excitée de savoir qu'il a trouvé quelqu'un de spécial.

Il passa un bras autour de la taille de Val, l'attirant contre lui.

— Elle est spéciale, ça c'est sûr !

Son ton désinvolte lui valut un coup de coude dans les côtes.

— Je suis affamé. Nous étions sur le point de dîner. Est-ce que tu veux te joindre à nous ? demanda Asher.

Sa sœur éclata de rire.

— Comme si je pouvais dire non à de la nourriture. Mais j'ai une longueur d'avance, grand frère. J'ai laissé le bébé à la maison avec Gordie pour venir ici. Maman est en bas et cherche une table.

— Maman est là aussi ?

Il ne pouvait pas s'empêcher de sourire. Cela faisait trop longtemps qu'il ne l'avait pas embrassée.

— Comme si elle m'aurait laissée venir seule, fit Winnie en levant les yeux au ciel. Vous êtes prêts, tous les deux ?

— Donnez-moi juste une seconde pour me rafraîchir.

Val ouvrit sa valise pour récupérer des vêtements propres avant d'aller dans la salle de bains.

Ce n'est qu'une fois qu'il entendit que la ventilation s'était mise en marche et le bruit de l'eau qui coule qu'il se pencha pour murmurer à sa sœur :

— Elle ne sait pas ce que nous sommes.

— N'est-elle pas ta compagne ?

— Si.

Cette partie n'était pas un mensonge.

— Mais la revendication n'a pas encore eu lieu.

— Mais vous êtes fiancés.

Sa sœur avait l'air déconcertée.

— Pour faire court, elle ne croit pas au sexe avant le mariage.

Sa sœur rit si fort qu'elle frappa ses seins, ce qui la fit crier.

— Arrête de plaisanter, je vais finir par me faire pipi dessus.

— C'est pas si drôle que ça, grommela-t-il.

— Qu'est-ce qui n'est pas drôle ? demanda Val, émergeant avec ses cheveux fraîchement brossés, sa peau claire humide du lavage. Ses cils étaient naturellement foncés et épais, mais elle avait ajouté du brillant à ses lèvres. Goût cerise.

Miam.

— Ma sœur se moquait de moi parce que je suis tombé amoureux de toi si vite, Princesse.

— Qu'est-ce que je peux dire ? Au moment où nous nous sommes rencontrés, j'ai ressenti quelque chose pour lui. Et ce n'était pas une indigestion. C'était l'amooouuuur, hein, mon gros Chewbacca ?

Val en rajoutait à mort et à sa grande surprise, il aimait ça.

— Chewbacca ? Qu'est-il arrivé au surnom bébé ?

Il utilisa un surnom avec lequel il pouvait vivre.

Comme si Val allait être d'accord.

— Tout le monde s'appelle bébé. Notre amour spontané mérite mieux. Quelque chose de plus unique. De plus comme toi.

— J'aime bien ce surnom, déclara Winnie. J'ai toujours pensé que vous aviez la même voix.

— Ce n'est pas vrai, rugit-il.

Val haussa un sourcil.

— Ah bon ?

Winnie gloussa.

— Oh, c'est tellement amusant ! Attends que maman la rencontre.

Contrairement à sa sœur excitée (et sa fausse fiancée amusée) Asher était nerveux. Sa mère verrait-elle clair dans leur mascarade ?

Ils descendirent pour la retrouver, et elle leur fit signe de l'autre côté du restaurant à une table nichée près de la porte battante de la cuisine.

Val jeta un coup d'œil et s'adressa à la serveuse.

— Cette table ne fera pas l'affaire.

— Je suis désolée, madame, c'est tout ce que nous avions de disponible.

Val haussa un sourcil.

— Vous en êtes sûre ?

Quelque chose dans son ton avait dû alerter l'hôtesse. Elle regarda Val et marmonna :

— Oh mon Dieu. Vous êtes la nièce de Mme Ferrari !

La jeune femme eut l'air agité.

— Un instant, s'il vous plaît. Il semble que nous vous ayons placé à la mauvaise table. Anthony !

Elle claqua des doigts, attirant l'attention d'un serveur.

— Mets la table quarante-neuf dans la salle VIP.

— Quoi ? Pourquoi ?

Winnie avait l'air confus.

Asher se pencha pour murmurer :
— Val est la nièce du propriétaire.
— Oh. Cool.

Sa sœur n'avait aucun problème à être surclassée. Quant à sa mère, elle avait l'air perplexe en s'approchant, mais cela se changea rapidement en joie en le voyant.

— Asher.

Sa mère s'approcha de lui et le serra fort dans ses bras.

Il l'étreignit en retour. Cela dura longtemps et était probablement gênant pour ceux qui regardaient. Tant pis pour eux. Quand ils se sont finalement séparés, il garda un bras autour d'elle et tourna sa mère pour lui montrer Val.

— Maman, j'aimerais que tu rencontres quelqu'un de spécial pour moi. Voici Valencia, ma fiancée.

— Enchantée de vous rencontrer, madame.

Val ne fit pas la révérence, mais hocha la tête.

— Ne m'appelle pas madame, et ne me vouvoie pas. Vous êtes fiancés. Appelle-moi maman.

Aussitôt, sa mère se jeta sur Val, qui avait un air de panique dans ses yeux à l'étreinte.

— Une autre fille. Quelle belle surprise. Et bientôt plus de petits-enfants. J'ai tellement de chance !

Alors que sa mère et sa sœur suivaient leur serveur jusqu'à la nouvelle table, Asher se pencha suffisamment près pour chuchoter :

— Tu regrettes déjà ton offre ?

Elle lui lança un sourire par-dessus son épaule.

— Combien de bébés allons-nous avoir, Chewbie ?

Deux, trois, quatre pour former notre propre équipe de hockey ?

Sa mère et sa sœur rayonnaient pendant tout le repas et s'étaient entendues à merveille avec Val. Elles étaient très amusées par ses remarques sarcastiques envers lui.

Lorsque Val se fut excusée pour aller aux toilettes, sa mère déclara :

— Je l'aime beaucoup, Ashie. C'est exactement le genre de femme forte dont tu as besoin. Même si je suis surprise d'apprendre qu'elle est religieuse. Ça n'a pas l'air d'être son genre.

Non, en effet, avec ses hanches qui se balancent et son regard audacieux.

— Elle vaut la peine d'attendre, assura Asher, même s'il était frustré.

— N'attendez pas trop longtemps. Tu ne veux pas que l'instinct d'accouplement se transforme en fièvre, prévint sa mère.

La fièvre de l'accouplement étant une prétendue affliction qui frappait ceux qui ne cédaient pas à la passion et ne revendiquaient pas leur compagne.

— Ne t'inquiète pas pour moi, maman.

Il s'attendait à se sentir mal pour le mensonge, seulement ce qui sortait de sa bouche n'était pas exactement faux. Il voulait vraiment Val. Il pouvait les voir avoir un avenir. Putain, depuis que le sujet avait été abordé pour la première fois, il avait changé d'avis. Il pouvait même maintenant les voir avec des enfants. Au moins un garçon et une fille, une petite fille aussi fougueuse que sa mère.

— Oh-oh.

Sa mère se raidit et Asher n'eut pas besoin de se

retourner pour regarder. Il avait senti l'arrivée d'un autre garou. Reconnu le ton traînant irritant de la voix de Rocco, qui, bien sûr, devait s'arrêter à leur table avec une femme, mais pas la sienne, à son bras.

— Tu parles d'une salle VIP, marmonna-t-il.

Il détestait les brèves expressions de peur sur les visages de sa mère et de sa sœur alors que le fils de l'Alpha s'arrêtait à leur table.

— Eh bien, eh bien, regardez qui est rentré à la maison. Sans autorisation.

As-tu oublié ce qu'on t'a dit ? Winnie a sauté à son secours.

— Asher a trouvé sa compagne. Ils sont fiancés.

— Vraiment ? dit Rocco d'une voix traînante. Je ne la vois pas. Est-elle invisible ?

— Elle est juste ici.

Val apparut derrière l'homme et lança un regard froid et hautain à Rocco. Asher se leva rapidement et se glissa à ses côtés.

— Désolée, Chewbie, j'ai été retardée par un cousin sur le chemin du retour.

Rocco fronça les sourcils à Val.

— Qui t'es, toi ?

— Cela ne te regarde pas.

Son ton était glacial.

Comme si Rocco allait reculer.

— C'est ma ville. Ça me regarde.

— Pardon ? Quelqu'un ici a une haute opinion de lui-même.

La colonne vertébrale de Val se raidit.

— Asher, qui est ce bouffon grossier qui interrompt notre charmant dîner ?

— Rocco Durante.

— Ah, le célèbre cousin.

Le type sourit.

— Je vois que tu as entendu parler de moi.

— Je ne serais pas si suffisant à ce sujet, si j'étais toi.

Val le regarda de haut en bas avant de retrousser sa lèvre.

— Je comprends pourquoi vous n'êtes pas resté en contact. Je n'ai aucune utilité pour les parasites non plus, même quand ils sont de la famille.

— Tu ne peux pas me parler comme ça, pétasse, aboya Rocco.

— Surveille ton langage.

Winnie intervint.

— N'est-ce pas incroyable ? Mon frère fiancé ! C'était un coup de foudre.

Les narines de Rocco se dilatèrent.

— C'est des conneries, ça. Attends que mon père sache que tu as menti pour rentrer en ville.

Avant qu'Asher ne puisse dire à Rocco d'aller se faire foutre, Val se plaça devant lui.

— Écoute, petit homme, et je dis bien *petit*, je n'aime ni ton ton ni ton sous-entendu. Asher est mon fiancé. C'était peut-être une cour précipitée, mais c'est seulement parce que nous avons décidé qu'il était inutile de perdre du temps. Et tu interromps maintenant mon dîner avec mes charmantes nouvelles belle-mère et belle-sœur.

— Je vais interrompre ce que je veux quand je veux parce que je dirige cette putain de ville.

Rocco se redressa. Hérissé. Agressif.

Val devint encore plus grande, semblait-il, alors qu'elle le fixait.

— Non, ce n'est pas le cas.

La femme leva la main et claqua des doigts.

Comme s'il avait été appelé, un gardien de l'hôtel vêtu d'un uniforme sombre est apparu.

— Est-ce que cette personne vous dérange ?

— En effet. Pourriez-vous le faire jeter dehors, s'il vous plaît ? demanda Val, sans prêter attention au rougissement de Rocco.

— Tout de suite, madame.

Le garde se tourna vers Rocco.

— Monsieur, il est temps de partir.

Comme si Rocco allait partir tranquillement.

— Hors de question que je parte.

— Ce n'est pas un débat, monsieur. Soit vous partez maintenant, soit je serai obligé de vous faire partir de force.

— Va te faire foutre.

Le garde fit un geste pour attraper Rocco, qui se déplaça hors de portée.

— Ne me touchez pas. J'exige de parler à un responsable.

Val parut amusée.

— Vas-y. Raconte à ma tante comment tu as insulté sa nièce préférée.

Rocco fronça les sourcils.

— Ce n'est pas fini.

— Je ne pensais pas que ce serait le cas, marmonna Asher.

Il avait espéré éviter complètement Rocco, mais maintenant que l'homme se sentait insulté...

Heureusement qu'ils ne resteraient pas longtemps. Le baptême était le lendemain. Ils pourraient être sur la route le matin suivant, voire le soir même si les choses devenaient trop tendues. Rocco sortit, et cela aurait pu être la fin de leur soirée si Val n'avait pas brillamment annoncé :

— Qui est d'humeur pour un dessert ? J'ai entendu dire que le chef fait une délicieuse mousse au chocolat.

Ils prirent également du vin, et Winnie but même un verre puisqu'elle avait déjà tiré du lait pour le bébé. Leur mère était guillerette et Asher put voir un côté plus doux de Val, qui comprenait des sourires qui lui étaient destinés et des rires riches.

Quand ils se séparèrent enfin, avec des câlins et des promesses de se voir le lendemain, il plaça un bras autour du corps éméché de Val pour la guider jusqu'à leur chambre.

— Je peux marcher, déclara-t-elle rebondissant sur le bord de la porte de l'ascenseur.

— Je vois ça.

Lorsque l'ascenseur se mit en marche, elle oscilla et il la stabilisa. À sa grande surprise, elle se pencha dans son étreinte.

— Je pense que ça s'est bien passé, murmura-t-elle.

— Ma famille t'a bien aimée.

— Elles n'étaient pas si terribles que ça.

Elle leva les yeux vers lui.

— Je n'aime pas leur mentir.

— Moi non plus. Mais les alternatives étaient peu nombreuses.

S'éloigner de Val et de sa famille ou revendiquer sa compagne, avant de lui faire prêter serment pour qu'il puisse lui révéler son secret. Faisable, mais ensuite quoi ? Fille de la ville et garçon de la campagne. Comment feraient-ils pour que ça fonctionne ?

C'est sa conscience qui lui rappela : *tu n'as pas toujours vécu dans le trou du cul du monde.* Il fut un temps où il aimait vivre au milieu de tout cela.

L'ascenseur s'ouvrit et il garda sa main au milieu du dos de Val pendant qu'elle montait le couloir. Sur le point de la suivre dans la pièce, Asher s'arrêta en voyant un mouvement derrière la fenêtre embuée de la porte de la cage d'escalier.

Peut-être un client, ou Rocco planifiant une autre embuscade.

— Allons te mettre au lit, dit-il, en dirigeant d'abord Val vers la salle de bains.

Quand elle en émergea, il lui tendit un T-shirt plutôt que de fouiller dans ses affaires.

— Ce n'est pas le mien.

— Mets-le. J'ai le sentiment que nous pourrions recevoir un visiteur demain matin.

Sa lèvre se retroussa.

— Encore ton connard de cousin ?

— J'en doute. Il est plutôt du genre embuscade dans l'ombre. Mais ma sœur pourrait bien décider que nous avons besoin de café et de beignets.

— Et ton T-shirt aide à faire croire que notre amour est vrai. Je comprends.

Elle commença à enlever son haut.

Oh, merde. Il se retourna avant de voir trop de chair.

— Je suis un peu agité. Je vais me promener avant de me coucher.

— Tu seras en sécurité tout seul ?

Plus en sécurité dehors qu'ici avec elle, où il pourrait faire l'inconcevable.

— Ça ira. Va te coucher. Je reviens vite.

Il s'enfuit avant qu'elle ne réduise sa résolution à néant. Il s'appuya contre la porte de la chambre d'hôtel pendant une seconde avant de regarder la cage d'escalier.

Ce n'était probablement rien. Juste au cas où, cependant, il ne voulait pas exposer Val à une éventuelle violence. Sans oublier qu'il pourrait utiliser quelque chose pour se défouler. Il espérait presque trouver Rocco en ouvrant la porte.

Au lieu de cela, il gémit lorsque Kit qui l'attendait dit :

— Content que tu aies changé d'avis.

L'homme aux cheveux roux était assis sur les marches, l'air désinvolte.

— Depuis combien de temps tu traînes ici ? grommela Asher.

— Assez longtemps pour savoir que tu as vu Rocco Durante.

— C'est le cas. Et pour info, c'est toujours un connard.

— Être un connard ne suffit pas pour se faire sanctionner. Nous avons besoin de plus de détails.

Asher passa une main dans ses cheveux.

— Plus de détails, comme quoi ?

— La preuve d'un crime. Une violation des règles garous.

Les Lykosium étaient très attachés au respect des lois droites et étroites des humains. Moins ils avaient de raisons d'être arrêtés et placés sous surveillance, mieux c'était.

— Je ne vois toujours pas comment je suis censé aider. Notre rencontre ne s'est pas bien passée.

— Je suis sûr que tu trouveras quelque chose.

— Et si je ne veux pas m'impliquer ?

Kit se leva et dit catégoriquement :

— Est-ce vraiment la réponse que tu veux que je rapporte au Lykosium ?

— Non, dit-il, légèrement boudeur.

— Contacte-moi quand tu trouves quelque chose.

— Comment ?

— Je suis dans tes contacts.

Asher n'a pas demandé comment il avait fait ça, étant donné que son téléphone était resté dans sa poche toute la soirée.

— Et si je ne trouve rien ?

— Nous savons tous les deux que ce n'est pas probable. Ni conseillé. J'ai entendu dire que tu étais fiancé à une humaine.

Kit jeta un coup d'œil à la porte du couloir.

— Val ne sait rien à propos de nous, s'empressa-t-il de dire.

— Pour le moment. Souviens-toi des règles, avertit Kit. Ton Alpha a eu de la chance avec sa compagne.

— Je sais.

Rok avait failli perdre Meadow parce qu'elle avait découvert le secret garou avant de prêter serment.

— J'attendrai de tes nouvelles, dit Kit avant de se fondre dans les ombres laçant les escaliers, montant, pas descendant.

Quel mec bizarre ! Pourquoi n'avait-il pas d'odeur ?

Asher attendit encore un moment avant de retourner à la chambre d'hôtel et de trouver une Val qui ronflotait.

Il la fixa un instant. Revendiquer ou ne pas revendiquer ? Il commençait à se demander si c'était même une question.

CHAPITRE DOUZE

Val se réveilla et s'étira. Ce n'est qu'en roulant dans le lit inconnu qu'elle se souvint où elle était... et avec qui.

Asher.

Un homme qui a enflammé chacun de ses sens. Pas étonnant qu'une fois grisée par l'alcool, elle l'ait pratiquement supplié de la baiser. Mais en avait-il profité ? Non ! Il avait choisi d'être un parfait putain de gentleman et de s'en aller.

Il pense probablement que je suis une salope.

Elle révisa vite cette pensée, parce qu'être une femme qui appréciait le sexe ne faisait d'elle qu'une personne normale et saine d'esprit. Cependant, il l'avait rejetée par deux fois à présent. Elle avait vraiment besoin d'arrêter de fantasmer sur lui, car il s'était visiblement désintéressé.

Asher était étendu sur le lit en face d'elle, les couvertures enlevées, vêtu seulement d'un short. Rien d'autre.

Merde, ça faisait beaucoup de belle chair à reluquer. De la chair musclée. Il ressemblait à un travailleur bronzé, la délimitation du bronzage était nette autour de ses bras et de son cou.

Manque de chance, il la surprit en train de la regarder et lui offrit un sourire paresseux :

— Bonjour, Princesse.

— Bonjour, Chewbacca.

Il gémit.

— Tu ne peux pas penser à quelque chose de mieux ?

— Tu as détesté toutes mes suggestions jusqu'à présent.

— Bébé, ça me va. Même chéri.

— C'est rasoir. Et... mon petit chou ?

— Personne ne croira jamais que tu es du genre à dire ça.

— C'est pas faux.

— Étalon, par contre...

Elle s'esclaffa :

— Cela reste à voir.

— Est-ce une plainte ?

— Oui. Pourquoi dois-tu toujours être un gentleman ?

Sur cette réprimande, elle se dirigea vers la salle de bains. Quand elle réapparut, il était encore déshabillé, la poitrine nue, avec une touffe de poil en V à sa taille, les mains derrière la tête, regardant la météo.

— Il est censé pleuvoir les prochains jours.

Elle fronça les sourcils.

— J'ai dit à Meadow d'être là demain avec les filles pour l'enterrement de vie de jeune fille. Sera-t-il prudent de conduire ? Comment arriveront-elles jusqu'ici ? Le camion est cassé.

— Gary garde une vieille berline Buick dans le

garage. Ce truc est en parfait état comme un tank. Elle tiendra la route.

— Si tu le dis.

— Rok ne laissera rien arriver à Meadow.

— Humm.

Cela piquait un peu que quelqu'un d'autre soit la personne sur laquelle Meadow comptait. Bien qu'elle soit plus occupée ces jours-ci avec son travail, Val aimait être celle vers qui Meadow se tournait.

— Ne fais pas ta mijaurée. Elle ira bien. Et toi aussi, ma princesse maniaque du contrôle.

— Dit l'homme qui ne planifie pas de fête qui restera dans les annales.

— Selon qui ? Vous n'êtes pas le seul à planifier une super fête.

— Laisse-moi deviner, strip-teaseuses et bières.

Son large sourire ne contenait aucune trace de repentir :

— Tu as oublié les folies. Ou n'as-tu pas vu *Very Bad Trip* ?

— J'ai vu le premier. C'était suffisant.

— Est-ce que tu te sentirais mieux si je te disais que je ne bois jamais ?

Il ne lui était pas venu à l'esprit qu'il avait évité le vin la nuit précédente. En fait, elle ne l'avait pas encore vu boire. En même temps, ils ne s'étaient rencontrés que quelques jours auparavant, elle était donc loin d'avoir eu le temps de connaître toutes ses mauvaises habitudes.

— J'ai juré d'arrêter de boire et de me droguer après que cela m'a causé des ennuis quand j'étais plus jeune.

Ces trucs m'ont rendu stupide. Je me suis juré de ne plus jamais y toucher.

— Est-ce que ça te manque ?

— Non. Il s'avère que je n'ai pas besoin d'alcool pour passer un bon moment. Et être sobre signifie qu'il n'y a pas de vidéos embarrassantes de moi en train de faire la macarena.

Ses lèvres s'incurvèrent.

— J'aimerais pouvoir dire la même chose.

Une certaine vidéo de mariage d'une cousine la voyait non seulement danser sur la danse populaire, mais aussi faire la chenille.

— Tu es toujours d'accord pour aller voir le bébé avant le baptême ? Tu peux annuler si tu veux.

— Une bonne fiancée ne manquerait pas ça. Et puis, j'aime ta famille.

Une surprise qu'elle avoua accidentellement.

— Ils sont plutôt géniaux, et vous êtes évidemment proche, ce qui rend encore plus étrange le fait que tu te soucies à ce point de ce qu'une petite merde puisse dire.

— Cette petite merde a beaucoup d'amis.

— Toi aussi.

Il haussa un sourcil.

— Tu suggères que je les amène en ville et que je réduise Rocco et ses copains en bouillie ?

— C'est une solution.

Le coin de sa bouche se tordit.

— Sauf que je veux faire l'amour, pas la guerre.

— Je n'arrive pas à croire que tu préfères faire semblant d'être fiancé, fit-elle en secouant la tête.

— J'apprécie vraiment ce que tu fais.

— Peu importe, rétorqua-t-elle en écartant de la main ses remerciements. Je n'arrive pas à croire qu'il t'en veuille encore dix ans plus tard. Enfin, je dois dire que sa femme avait l'air plus jeune que je ne le pensais.
— Ce n'était pas sa femme.
Sa bouche s'arrondit.
— Oh. C'est un plus gros connard que je ne le pensais, alors. Il la trompe, et pourtant il continue d'être con avec toi ?
— Oui.
— Peut-être que quelqu'un devrait le dire à sa femme.
À cela, il soupira.
— Cela ne changerait rien. Je suis sûr qu'elle le sait déjà.
— Je châtrerais un homme s'il me trompait.
— Pourquoi quelqu'un voudrait-il te tromper ? Tu es parfaite.

Ses yeux s'écarquillèrent comme s'il n'avait pas voulu faire sortir ses mots de sa bouche.
— Je devrais prendre une douche.

Il courut pratiquement se cacher dans la salle de bains, et elle regarda pensivement la porte. Il l'aimait bien. Alors pourquoi ne l'avait-il pas touchée depuis cette étreinte passionnée quand elle lui avait donné un coup de main ?

Une fois qu'il fut prêt, ils durent partir pour avoir le temps d'acheter des cadeaux. Ils prirent le petit-déjeuner dans un café avant de se rendre dans quelques magasins.

Sa sœur vivait dans une maison de ville qui nécessitait de se garer un peu plus loin et de revenir à pied. Main dans la main. Asher la surprit en train de regarder leurs doigts entrelacés. Un geste décontracté et pourtant agréable.

— Qu'est-ce qui ne va pas ?

— Je n'ai jamais tenu la main d'un mec auparavant.

— Pourquoi ?

— Je ne sais pas.

Sa réponse était honnête. Mais elle supposait que cela avait à voir avec sa nature indépendante. La plupart des hommes la traitaient comme si elle était une petite chef hyper autoritaire et pratiquement intouchable, ce qu'elle encourageait. Asher avait compris qu'elle s'affirmait et il la respectait tout en la traitant comme une femme. Cela signifiait qu'il lui ouvrait les portes pour elle, lui tenait des chaises et restait même debout jusqu'à ce qu'elle soit assise. Il lui tenait la main et, lorsque l'allée se rétrécit, il lui permit de marcher devant lui.

Elle apprécia cela plus que prévu.

La porte s'ouvrit brusquement avant qu'ils ne puissent frapper, et Winnie poussa un cri qui était assez fort pour que tout le quartier l'entende.

— Tonton Ashie et tatie Val sont là !

Tatie Val ? Il ne lui était jamais venu à l'esprit que cette mascarade ferait que la sœur d'Asher l'accueille si facilement dans sa famille.

— Attends une seconde. J'ai oublié les cadeaux, s'écria Asher en se précipitant vers le bolide.

Heureusement, elle avait réussi à le dissuader de prendre la peluche géante et la batterie pour enfant, mais elle avait approuvé la lampe qui projetait les étoiles au plafond et produisait un bruit blanc. Il avait juste haussé les sourcils pendant qu'elle achetait quelques tenues ridiculement féminines.

Il revint avec des cadeaux plein les bras et Winnie secoua la tête.

— T'avoir ici était un cadeau suffisant.

— Si je veux gâter ma nièce, je le ferai ! Où est-elle ? Oncle Ash doit la porter, déclara-t-il.

Entrer dans la maison signifiait se faire bombarder d'affaires de bébé. Une balançoire dans le salon, ainsi qu'un truc que Winnie appelait un « siège gonflable ». Un moniteur pour bébé sur le comptoir de la cuisine montrait un homme penché sur un berceau, soulevant un petit paquet.

Le bébé était mignon avec des cils fins et une bouche en forme de bouton de rose. Ce qui lui faisait vraiment mal aux ovaires ?

Voir Asher tenir le bébé, son expression douce, ses mains sûres. Quel genre de père ferait-il ? Elle s'était souvent demandé quel genre de mère elle serait. Espérons qu'elle ne soit pas aussi négligente que la sienne qui, tout comme son père, était trop occupée par sa propre vie et ses vices pour prêter attention à un enfant. Son père adorait le jeu. Sa mère, les pilules.

Ils étaient morts dans un accident de voiture pendant ses années universitaires. Elle se souvenait encore d'être restée plantée devant leurs tombes, souhaitant pouvoir pleurer, mais se sentant simplement soulagée.

— À ton tour, tatie Princesse, déclara Asher en lui tendant le bébé.

Val les fusilla du regard, lui et son sourire, mais prit avec précaution l'enfant vêtu d'une grenouillère rose. Elle était petite et regardait Val avec des yeux bleu vif, sa tignasse de cheveux noirs presque assez longue pour y mettre un petit nœud.

À sa grande surprise, Asher passa un bras autour d'elle et murmura :

— Je ne pensais pas que tu pouvais avoir l'air plus sexy.

La remarque la surprit, et c'est l'image que Winnie réussit à saisir. Une photo qu'elle n'arrêtait pas de regarder sur son téléphone après que Winnie la lui eut envoyée par SMS. En se voyant, avec Asher et ce bébé, elle avait soudainement eu envie d'une chose qu'elle ne savait pas qu'elle désirait, mais dont elle pourrait avoir besoin maintenant.

Une famille à elle.

CHAPITRE TREIZE

Voir Val tenir sa nièce tordit quelque chose chez Asher. Ou renforça ce qu'il savait depuis le moment où ils s'étaient rencontrés.

C'est ma compagne.

Apparemment, peu importait qu'ils aient des caractères opposés. Plus il passait de temps avec elle, plus il lui devenait difficile de retenir la passion qui couvait sous sa peau. Dormir dans la même chambre qu'elle, être si proche d'elle... il n'y survivrait jamais. Le mieux qu'il pouvait faire à ce stade était de ralentir les choses. Faire comprendre à Val qu'ils étaient faits l'un pour l'autre. Lui révéler ensuite son secret et lui faire prêter serment.

Et si elle refusait ? Ou lui tirait dessus avec son petit pistolet ?

Il valait mieux qu'il meure plutôt qu'elle ne découvre son secret sans être liée par un serment. Les conséquences pour elle seraient désastreuses autrement. La connaissance de l'existence des garous devait être protégée à tout prix. Même si cela signifiait prendre une vie.

Le déjeuner fut bruyant. Le bébé passa de mains en mains, bien qu'elle dorme pendant la plus grande partie du temps. Leur mère arriva pour donner un coup de main, non pas que Winnie en ait besoin. Son mari avait profité du congé paternité offert par son travail. C'était un homme qui n'avait pas peur d'être père et le partenaire de sa compagne. Asher aimait déjà ce mec, surtout quand Gordie s'était exclamé :

— Merci, putain, il y a un autre mec dans le coin. Peut-être que maintenant je ne serai pas toujours en minorité !

Ce qui fit éclater de rire les femmes.

Le baptême, prévu cet après-midi-là, aurait lieu dans une église. Gordie était peut-être garou, mais il venait d'une famille et d'une meute ayant de solides racines protestantes.

À la surprise d'Asher, ce fut Val qui grimaça en entrant dans le lieu saint.

— Cela me rappelle des souvenirs désagréables de dimanches matins.

— Tes parents étaient religieux ? demanda-t-il.

— Non. Mais mes grands-parents si, et ils ont insisté pour m'amener à la messe tous les dimanches de peur que la nature païenne de mes parents ne me corrompe. Ça ne me dérangeait pas quand j'étais enfant, mais les années d'adolescence où j'aimais dormir le matin ont été difficiles.

— Je ne peux pas t'imaginer en bonne petite fille catholique.

— Seulement parce que je n'ai pas mis ma jupe à carreaux et ma blouse blanche, fit-elle avec un clin d'œil, son allure représentant définitivement un péché.

C'était certainement une chose qu'il voulait voir.

Il y avait pas mal de monde à l'intérieur. La famille de Gordie était à gauche, peu nombreuse étant donné que l'Alpha dans ces régions ne voulait pas trop de garous étrangers dans sa ville. Les gens là pour Winnie, c'est-à-dire les membres de la meute, prirent place à droite.

Pour quiconque jetait un coup d'œil à l'intérieur, il était impossible de savoir qu'ils observaient deux meutes de garous différentes. Étant canadiens, les deux camps avaient une diversité d'apparence. Grands, petits. Couleur de peau de différentes nuances. Bruyant, silencieux. Mais en ignorant les aspects extérieurs, ainsi que les parfums artificiels, Asher pouvait sentir la différence. La ressentir. Tout comme ils avaient probablement remarqué son odeur, qui avait changé lorsque Rok était devenu Alpha de leur meute nouvellement formée. Nova avait un jour plaisanté en disant que c'était l'équivalent de marquer son territoire, seulement de manière ésotérique.

L'odeur signifiait tout dans le monde des garous, et tout le monde savait que Val ne portait pas la sienne. Il espérait que cela ne causerait pas de problème. Trop d'yeux suivaient son passage alors qu'il remontait l'allée vers le banc réservé à l'avant. Il prit place à côté de sa mère avec Val de l'autre côté de lui. Son ouïe fine lui permettait d'entendre certains des chuchotements dans son dos.

— *Il a beaucoup de culot de revenir après ce qu'il a fait.*

— *Fiancé à une humaine. Quel gâchis.*

— *Est-ce que Rocco sait ?*

Oui, l'enfoiré savait, et Asher doutait que Rocco laisserait son retour passer tranquillement. Son arrivée provoqua une sensation de picotement dans sa nuque, mais Asher ne se retourna pas.

Le baptême se passa bien, le bébé chouinant son mécontentement d'avoir été plongée dans la bassine. La réception qui suivit, tenue au sous-sol, se déroula sans encombre. Asher s'assura d'éviter Rocco et Bruce, qui ne lui avaient encore rien dit. Juste au cas où, Asher fit en sorte de toucher Val plus souvent que nécessaire devant tout le monde, non seulement pour renforcer le fait qu'ils étaient ensemble, mais aussi parce qu'il ne pouvait pas s'en empêcher.

En retour, elle lui souriait souvent et avait tendance à se pencher vers lui, son bras s'enroulant autour de sa taille lorsque de nouvelles personnes s'approchaient pour lui dire bonjour. Plus de monde que prévu, à sa grande surprise.

Il s'était préparé à être un paria, et à ce que les gens l'évitent, mais même si quelques personnes jetaient des regards nerveux aux Durante au pouvoir, la plupart d'entre elles semblaient vraiment heureuses de le voir. Ce fut quand Val partit pour aller aux toilettes que la seule personne dont il aurait pu se passer s'approcha.

— Salut, Asher.

Le doux murmure de Mélinda lui fit serrer la mâchoire avant de se retourner.

Il l'avait vue dans l'église. Elle était toujours aussi belle. Une beauté qui le laissait froid. Contrairement aux jours de sa jeunesse, il n'y avait pas d'excitation en la voyant. Pas de nostalgie. Juste de l'agacement.

— Qu'est-ce que tu veux ? demanda-t-il sèchement.

Elle parut interloquée, mais ne recula pas.

— C'est bon de te voir.

— Ah bon ?

Il haussa un sourcil et ne sourit pas.

— Tu es toujours en colère, dit-elle en faisant la moue.

— À quoi est-ce que tu t'attendais ?

— Je ne sais pas. Mais je suis contente que tu sois là pour que je puisse te dire que je suis désolée pour ce qui s'est passé il y a toutes ces années. J'aimerais pouvoir revenir en arrière et changer les choses.

— Tu n'es pas la seule qui ferait les choses différemment.

Elle interpréta ses paroles de la mauvaise manière.

— Rétrospectivement, j'aurais dû voir que tu étais le meilleur choix.

— Choix ? Tu m'as utilisé comme ton dernier coup avant le mariage.

Ses paroles étaient assez grossières pour que la colère éclate, mais Mélinda se reprit rapidement.

— Parce que je t'aimais beaucoup. J'ai tellement pensé à cette époque depuis. J'aurais aimé être plus courageuse. J'aurais pu tenir tête à Rocco et être avec toi. Mais j'avais peur.

— C'est un ramassis de conneries, et tu le sais. Tu voulais le pouvoir qu'il offrait.

Elle humidifia sa lèvre inférieure, une chose qui l'avait rendu fou, mais qu'il considérait maintenant comme artificielle.

— J'avais tort. Je le sais maintenant.

— Et pourtant tu es toujours mariée avec lui.

— Parce que j'ai peur. Je ne suis pas grande et forte comme toi.

Elle essayait la flatterie douce.

Cela ne réussit pas à l'émouvoir.

— Ton mari est ton problème. Pas le mien.

— Tu m'as aimée autrefois.

— Et je me suis fait piétiner. Littéralement. Comme tu peux le voir, je suis passé à autre chose.

— Avec une humaine.

— C'est ma compagne.

— Elle ne porte pas ton odeur, fit remarquer Mélinda avec amertume.

— Parce qu'elle a des principes.

— Nous savons tous les deux qu'elle n'est pas faite pour toi.

— C'est là que tu te trompes. Je te prie de m'excuser.

Il prit congé de Mélinda en voyant Val revenir à sa recherche.

Pendant une seconde, son expression s'adoucit alors que leurs regards se croisaient, avant de se durcir lorsqu'elle regarda devant lui. La jalousie brillait dans ses yeux pétillants. Comme si Mélinda, ou n'importe quelle femme d'ailleurs, pouvait lui arriver à la cheville.

Il s'avança dans sa direction, seulement pour qu'elle lève le menton, se retourne et s'en aille. Il lui fallut un moment pour la rattraper à l'extérieur de la réception de l'église.

— Qu'est-ce qui ne va pas, Princesse ? Les petits fours ne sont pas à la hauteur de tes attentes ?

— J'ai besoin d'air.

— Tu es énervée.

— Ce n'est pas le cas.

— Si. Oserais-je même dire que tu es jalouse ?

Elle se retourna et lui donna un coup dans le torse.

— Ce n'est pas le cas.

— Si, et si je puis dire, c'est plutôt sexy.

Elle émit un bruit désobligeant.

— Oh, s'il te plaît. Arrête de faire semblant de bien m'aimer. Je comprends maintenant pourquoi tu n'as pas bougé depuis que nous sommes partis du ranch. Tu ressens toujours quelque chose pour elle.

— Qui ?

— Mélinda. La femme de ton cousin.

Il s'esclaffa.

— Tu ne pourrais pas avoir plus tort si tu essayais.

— Oh, alors explique-moi pourquoi tu es passé d'essayer de me séduire à flirter uniquement lorsque nous avons un public.

Il s'approcha.

— Parce que si je t'embrasse, je vais vouloir te faire l'amour. Et une fois que nous l'aurons fait, il n'y aura pas de retour en arrière. Nous serons ensemble pour la vie.

À cette déclaration, son souffle se coupa, puis elle éclata de rire.

— Tu as sérieusement le plus gros ego que j'aie jamais connu.

— Ce n'est pas la chose la plus grosse chez moi, la taquina-t-il.

Elle le frappa.

— Arrête.

— Arrête quoi ?

— De faire semblant d'être intéressé.

— Je ne fais pas semblant, Princesse. Je suis fou de toi. Je suis aussi sérieux quand je dis qu'avoir des relations sexuelles changera les choses entre nous.

— Seulement si tu es mauvais et que je dois t'éviter jusqu'après le mariage de Meadow.

Sa mâchoire tomba avant qu'il n'adopte un sourire contrit.

— Promis, ce ne sera pas mauvais.

— Je suppose que je ne le saurai jamais.

Elle alla passer devant lui, mais il l'attrapa par le bras et la fit tournoyer contre lui. Il l'embrassa. Il l'embrassa avec toute la passion refoulée qui mijotait à l'intérieur de lui. La laissant haletante, mouillée, dans le besoin.

Au mauvais endroit, au mauvais moment, vu la manière dont quelqu'un se racla bruyamment la gorge.

— Quoi ? dit-il sans tourner la tête.

— Ta sœur te cherche, fut la réponse amusée de Gordie. Nous étions sur le point de partir. Bébé a eu assez d'excitation pour la journée.

— J'arrive, grogna-t-il en regardant Val.

Ses lèvres étaient gonflées par son étreinte, ses yeux lourds de passion.

Elle est à moi.

Putain. Il avait fini de le combattre. Ils étaient censés être ensemble.

Ce soir. Une fois qu'il l'avait ramenée à cet hôtel, il serait temps de céder à la passion qui couvait sous sa peau et de la revendiquer. Une fois que Rok serait arrivé avec Meadow et qu'ils auraient convaincu Val de prêter serment, il pourrait lui confier son secret.

C'était un plan ambitieux qui le rendait anxieux et plein d'impatience, ce qui était peut-être la raison pour laquelle il insista pour qu'ils fassent des courses puis dînent dehors avant de retourner à leur hôtel lorsque la nuit s'installa.

Quelque chose les retarda.

CHAPITRE QUATORZE

Depuis le baiser fut brutalement interrompu, Val était dans un état d'anticipation. Une bonne chose qu'Asher les ait faits sortir de l'église. Sa culotte mouillée la gênait. Elle aurait pu jurer qu'une partie de sa famille continuait à la regarder et à sourire comme s'ils savaient. C'était impossible, et pourtant elle fut contente de s'enfuir.

Seulement, au lieu de retourner à l'hôtel pour faire quelque chose contre leur désir, il les fit prendre des choses sur sa liste. Puis, il insista pour manger. Le délai ne faisait qu'empirer l'ardeur de Val, il n'arrêtait pas de la toucher.

Une main au milieu de son dos.

Ses doigts entrelacés avec les siens.

Il lui faisait goûter son repas avec sa fourchette et sa cuillère.

Au moment où il demanda si elle était prête à aller au lit, elle combattit intérieurement pour ne pas trouver une ruelle sombre et lui sauter dessus.

Elle insista pour qu'il conduise, trop distraite pour se

concentrer sur la route. Et puis, parce qu'il semblait un peu trop en contrôle, elle posa sa main sur sa cuisse pendant qu'il conduisait. Il le fit glisser de haut en bas sur sa jambe jusqu'à ce qu'il souffle :

— Continue comme ça et notre première fois sera sur le capot de ton engin.

— Tu sais que les sièges arrière se replient et que nous aurions plus de deux mètres d'espace ainsi, n'est-ce pas ?

— Je m'en souviendrai pour le voyage de retour vers le ranch. Mais aujourd'hui, nous allons utiliser un lit. Je ne me suis pas torturé aussi longtemps pour chopper une contravention pour outrage à la pudeur.

Il dépassa les limites de vitesse pour les amener à l'hôtel, situé à la périphérie de la ville. Il sortit de l'autoroute et s'arrêta derrière une camionnette arrêtée à un feu rouge.

Le feu passa au vert, et au lieu de démarrer, le chauffeur du camion rouge en est descendu.

Val fronça les sourcils.

— Qu'est-il en train de faire ?

Asher gara la voiture.

— C'est un des amis de mon cousin. Reste dans la voiture. Ou mieux encore, va à l'hôtel, là où il y a du monde. Ils n'oseront pas te toucher en public.

— Tu n'es pas sérieux ? Hors de question que je te quitte.

— Trop tard, marmonna-t-il.

Un coup d'œil en arrière lui fit comprendre qu'ils étaient cernés par un autre camion. Rocco en sortit.

— Tu dois te foutre de ma gueule, marmonna-t-elle. Qu'est-ce qu'ils prévoient de faire ?

— Probablement me filer un ou deux coups et me menacer.

Elle le regarda en clignant des yeux.

— Je peux encaisser quelques coups de poing, et je me fiche complètement de ce qu'ils disent.

— Eh bien, moi je m'en soucie, souffla-t-elle.

— Tu es mignonne quand tu t'inquiètes.

Il prit l'arrière de sa tête et planta un bref baiser sur ses lèvres.

— Verrouille les portes une fois que je sors.

Avant qu'elle ne puisse réagir, Asher sortit du 4×4, un homme contre plusieurs. Peut-être que cela ne finirait pas en combat.

Ils s'éloignèrent suffisamment pour qu'elle ne puisse entendre que le murmure de leurs voix. Le visage de Rocco exprimait une telle suffisance qu'elle avait envie de le gifler. Ses trois amis aux allures de voyou avaient le visage grave et essayaient d'avoir l'air intimidant.

Le mec qui se tenait derrière Asher l'attrapa soudainement. Le bras de Rocco partit en avant. Val sauta de son véhicule et tira en l'air avec son arme.

Le silence soudain attira tous les regards sur elle. Elle pointa son arme sur Rocco.

— Éloigne-toi de mon homme.

— Princesse, remonte dans la voiture. Je m'en occupe, déclara Asher.

— Écoute cet enfoiré et range le jouet...

— Tu es malentendant, connard ?

Elle tira à nouveau, coupant la houppette ridicule de Rocco.

Les yeux de celui-ci s'écarquillèrent.

— Espèce de pute !

— Si j'étais toi, je surveillerais ta bouche, ou la prochaine fois, je viserai une cible plus petite.

Son regard plongea sous sa taille et elle sourit.

Enfin, le connard eut l'air inquiet.

— Tu n'oserais pas.

— En fait, si.

— Tire-moi dessus et je te ferai arrêter, fulmina Rocco.

— Si je te tire dessus, je dirai à mon oncle policier que c'était de la légitime défense. Devine qui il croira ?

Son sourire s'élargit et elle tourna son attention vers le type qui tenait Asher.

— Laisse partir mon fiancé.

Quand il jeta un coup d'œil à Rocco au lieu d'obéir, elle aboya :

— Maintenant.

L'homme recula et leva les mains.

— Bien. Pas besoin d'exciter tes ovaires.

— Je devrais te tirer dessus juste parce que tu es un connard de misogyne, marmonna-t-elle, son doigt sur la gâchette la démangeant fortement.

— Elle est folle ! s'exclama quelqu'un.

— Ça oui. Maintenant, vous voyez pourquoi je l'aime.

Son faux fiancé souriait.

— Remontez dans vos camions avant que je décide de voir lequel d'entre vous peut crier le plus fort lorsqu'on lui tire dessus.

Le trio de voyous se dispersa, mais Rocco intervint.

— Ce n'est pas fini.

— Tu vas vraiment me menacer ? Ma grand-mère disait qu'il n'y avait qu'un seul moyen de s'assurer que ses ennemis ne reviendraient jamais vous hanter. Bon, elle préférait le poison aux causes naturelles, mais je ne sais pas cuisiner. Néanmoins, je vise très bien.

Son arme était pointée vers la tête de Rocco.

— Tu vas payer pour ça, jura Rocco d'une voix basse et gutturale.

Elle blâma le crépuscule tombant pour l'étrange lueur dans ses yeux.

Les camions et leurs voyous décollèrent, les pneus crachant du gravier. Elle attendit qu'Asher dise quelque chose.

Se plaigne d'avoir été émasculé.

Panique parce qu'elle avait menacé de tuer quelqu'un.

Elle aurait dû savoir qu'il agirait différemment.

Il sauta sur le capot de sa voiture, la prit dans ses bras et l'embrassa.

CHAPITRE QUINZE

Asher n'avait jamais rien vu de plus terrifiant ou de plus sexy que Val qui le protégeait. Il aurait agi, si elle ne l'avait pas fait. Il était sur le point de se libérer de l'emprise de Larry lorsque Val sortit du 4x4, faisant preuve d'une bravoure inimaginable.

Et de bêtise.

Il se retira pour la gronder.

— Espèce d'idiote ! À quoi tu pensais en te mettant en danger comme ça ?

Elle haussa un sourcil.

— C'est comme ça que tu dis merci ?

— Rocco et ses amis ne sont pas facilement intimidés. Cela aurait pu très mal finir.

— Ça aurait pu. Pour eux. Je suis une excellente tireuse.

— Avec un nombre de balles limitées.

— Penses-tu vraiment que c'est ma seule arme ?

Une vague d'émotion le frappa. Il tomba à genoux sur place et lui tint la main en lui offrant un fervent :

— Valencia, tu es la femme la plus parfaite que j'aie jamais rencontrée. Épouse-moi.

Elle rit.

— Tu es bête.

— Et si je ne l'étais pas ? Tu es incroyable.

L'éloge la fit rougir.

— Arrête de faire l'imbécile et remonte dans la voiture.

— Alors, c'est non ?

Il lui lança un regard qui avait fait tomber d'innombrables culottes.

Avec Val, il n'eut droit qu'à un rire.

— Non, je ne t'épouserai pas, mais je pourrais te laisser me tripoter si tu es bon. Un peu plus si tu nous emmènes à la chambre sans être arrêté par quelqu'un d'autre.

Cette promesse le fit pratiquement courir pour reprendre le volant. Val s'assit à côté de lui, et il faillit les tuer quand sa main sauta sur sa cuisse et attrapa son entrejambe.

Putain de merde. Cela allait arriver.

Il se gara devant l'hôtel et jeta ses clés au voiturier, ainsi qu'un billet de vingt dollars avant de s'en aller avec impatience pendant que Val utilisait la clé de sa chambre pour que le pauvre type sache à qui appartenait la voiture.

L'hôtel était occupé à cette heure de la nuit, les joueurs étant descendus en masse pour dépenser leur paie. Il garda une main au milieu du dos de Val, la guidant vers l'ascenseur. Ils furent piégés par tante Cécile, qui se planta sur leur chemin.

— Te voilà. Tu étais partie toute la journée.
— C'était le baptême de sa nièce, expliqua Val.
— Ah, c'est un bébé, hein ?
Cécile les regarda tous les deux et sourit.
— Cela ne me dérangerait pas de gâter une petite-nièce ou un petit-neveu. Avec vos gènes, vous en feriez de beaux.
— Que diriez-vous d'un de chaque ? offrit Asher, glissant son bras autour de la taille de Val.
Cécile rayonna.
— Ça serait parfait.
— Y avait-il quelque chose dont tu avais besoin de me parler ? questionna Val.
— Je voulais juste te dire en personne que le penthouse est prêt pour vous et que j'ai fait déplacer vos affaires de votre chambre.
— Merci ! dit Val en serrant sa tante dans ses bras. Si tu n'y vois pas d'inconvénient, Asher et moi sommes fatigués. C'était une longue journée.
— Bien sûr, une longue journée, dit Cécile avec un sourire entendu et un air narquois.
— À demain.
Alors qu'ils s'entassaient dans l'ascenseur, Asher pouffa.
— Elle sait parfaitement ce que nous allons faire.
— Tu penses ? grimaça Val. Tante Cécile a toujours été la plus libre d'esprit. C'est elle qui m'a acheté mon premier vibromasseur et m'a dit que je n'avais pas besoin d'un homme pour faire l'amour.
— En tant qu'homme, j'aimerais être en désaccord.
Son sourire le frappa :

— Je suppose que tu vas devoir le prouver.

— Défi accepté, Princesse.

Il la prit dans ses bras et l'embrassa, la passion qu'il retenait menaçant de déborder. Lorsqu'ils arrivèrent au dernier étage et réussirent à glisser la carte-clé dans la porte tout en continuant à se toucher et à s'embrasser, il conserva suffisamment d'esprit pour s'arrêter et demander :

— Tu es sûre de vouloir faire ça ? Parce que je te préviens, tu seras coincée avec moi pour toujours.

— Seulement si tu sais t'y prendre, le taquina-t-elle, l'attirant pour un autre baiser.

Une fois entré dans la suite, il n'eut que peu de temps pour admirer le décor somptueux. Elle le traîna dans la chambre la plus proche et le poussa sur le lit.

Il aurait pu protester, seulement elle commença à se déshabiller, enlevant ses vêtements avec peu de finesse. Elle n'était pas ivre cette fois, ce qui signifiait qu'il pouvait l'admirer sans culpabilité. Il y avait tant de choses à admirer, de l'échancrure de sa taille à ses hanches évasées en passant par le poids de ses seins.

Malgré l'ardeur de son désir, il réussit à articuler :

— Occupe-toi de moi.

Ses doigts étaient habiles alors qu'elle déboutonnait sa chemise et déboutonnait son pantalon. Il finit de retirer ses vêtements.

Nus, ils se jetèrent l'un sur l'autre, une véritable fusion passionnelle qui lui fit presque perdre la tête. Le lit king size était recouvert d'une couette lisse et offrait une toile de fond moelleuse au corps de Val, qu'il recouvrait du sien. Peau contre peau, leurs bouches mêlées l'une à l'autre dans un million de baisers érotiques qui impliquaient beaucoup de coups de langue. Il essaya d'être prudent et de ne pas l'écraser de tout son poids, mais elle continua à l'attraper et à le tirer vers le bas, ses jambes s'enroulant autour de lui pour le maintenir en place.

— Je suis trop lourd, protesta-t-il dans sa bouche.

— Je ne vais pas me casser, grogna-t-elle en réponse.

Pourtant, il se retint, redoutant que la férocité de sa passion ne l'effraye. Cette première fois serait assez rapide sans qu'il perde le contrôle. Mais comprenait-elle le peu de contrôle qu'il avait sur lui-même ?

Non. Elle était déterminée à le faire craquer.

Elle le bouscula et ordonna :

— Mets-toi sur le dos.

— Pas encore. J'ai faim.

Et par faim, il voulait dire qu'il voulait goûter ses seins. Il déposa des baisers le long de son cou jusqu'à atteindre la vallée entre eux. Il les prit dans ses mains, les poussant ensemble pour les embrasser plus facilement. Il tira doucement sur ses tétons, avant de les sucer doucement. Val poussa un gémissement et un frisson parcourut son corps.

Il continua à sucer et à jouer avec elle, sa jambe coincée entre les siennes, pressée contre le noyau chaud de son sexe. Son humidité et son odeur le rendaient fou. Il voulait la faire jouir. Il voulait sentir son excitation contre sa bouche.

Avant qu'il ne puisse y donner un seul coup de langue, elle le repoussa et lui ordonna une fois de plus :

— Mets-toi sur le dos !

— Bien, souffla-t-il avec résignation.

Il n'était pas vraiment contrarié parce que l'idée qu'elle le touche...

Humm. Il espérait que son corps ne le trahirait pas.

Elle s'assit et passa une seconde à le regarder. Elle traça une ligne le long de sa poitrine, le faisant frissonner. Asher déglutit difficilement, surtout lorsqu'elle arriva à son entrejambe. Il resta immobile, attendant la suite, tendu par l'anticipation, sa queue, rendue rigide par l'excitation, faisait saillie vers le haut.

Il tendit la main pour la toucher, et elle l'autorisa avant de dire d'une voix rauque :

— Mains derrière la tête. Pas de contact pendant que je joue.

— Cela semble extrêmement injuste. Pourquoi devrais-tu avoir tout le plaisir ? dit-il en faisant la moue.

Elle rit.

— Ne t'inquiète pas. Tu n'en as pas encore terminé avec moi.

À ces mots, Val le chevaucha, s'asseyant sur son ventre musclé. Elle se pencha en avant et fit glisser ses lèvres contre les siennes, léchant la commissure de ses lèvres avant de mordiller sa lèvre inférieure.

Il tendit la main et attrapa ses fesses.

— J'ai dit : les mains derrière la tête.

— Tu es cruelle, gémit-il.

— Ce n'est pas mon problème.

Ses lèvres traçaient le bord de sa mâchoire, la mordillant avec ses dents.

Il tremblait et brûlait, mais il ne bougeait pas.

— Gentil petit Chewbacca.

Elle sourit contre sa peau alors qu'elle traçait un chemin sensuel le long de son cou, suçant fortement à l'endroit où son pouls battait.

Mais ce fut lorsqu'elle le mordit que son corps se raidit sous le sien, et qu'il eut du mal à ne pas hurler à la mort.

Elle continua à sucer tout en caressant sa poitrine, faisant glisser ses ongles sur ses mamelons avant de les pincer lorsqu'ils se contractèrent en réponse. Elle glissa plus bas. Son humidité toucha sa queue, et il ne put s'empêcher de mettre un petit coup de hanches.

— Méchant Chewbacca. Reste tranquille ou je ne ferai pas ça à ta queue.

Elle prit un de ses mamelons dans sa bouche et le suça.

Putain. De merde.

Il trembla et saisit les draps pendant qu'elle jouait avec lui. Au bout d'un moment, il dut haleter :

— Assez. J'ai besoin de te toucher.

— Besoin ? le taquina-t-elle. J'ai quelque chose avec quoi tu peux jouer.

Il fut choqué quand elle se positionna de façon à ce que son sexe plane au-dessus de sa bouche. Elle se retourna pour le chevaucher, sa bouche soufflant chaudement sur la queue d'Asher.

Oh putain, oui. Il attrapa ses cuisses et la tira vers le bas pour la goûter, seulement pour se retrouver distrait lorsque ses lèvres effleurèrent le bout de sa queue. Elle lécha le gland gonflé de sa queue avant de faire glisser ses lèvres sur son épaisse longueur. Encore et encore. Vers le bas. Vers le haut.

Au moins, elle s'était suffisamment baissée pour qu'il puisse lécher, lui aussi. Il dévora son noyau mielleux, sa langue fouillant entre ses lèvres inférieures, effleurant, goûtant.

Pendant qu'il se régalait, elle suçait, sa tête descendant et montant. Comme si cela ne suffisait pas, elle attrapa ses bourses et les pétrit jusqu'à ce qu'elles se tendent.

Il fredonna en taquinant son clitoris. Il la sentit se serrer alors qu'il parvenait à glisser deux de ses doigts en elle tout en s'occupant de son clitoris.

Il l'amena au bord de l'orgasme, puis la fit l'atteindre, provoquant une ondulation qui serra sa bouche contre lui.

Ses hanches sursautèrent et il jouit, lui aussi.

Elle avala tout de lui. L'avala comme il la savourait. Elle goba tout pendant qu'il continuait à la lécher. À La goûter. À la vouloir encore plus.

Il voulait enfoncer sa queue en elle et l'imprimer dans sa chair. Cette seule pensée le faisait déjà durcir.

Elle gloussa contre sa chair.

— Prêt pour la deuxième fois ?

Oui, il l'était. Il les fit se retourner et passa une seconde à admirer Val. Son visage rouge de passion, ses paupières à moitié fermées, sensuelles. Ses jambes étaient écartées et attendaient qu'il la prenne.

Ce fut alors qu'ils entendirent des rires.

Des rires féminins et une voix masculine grincheuse qui demandait :

— Où est Asher ?

CHAPITRE SEIZE

Rien de tel que des visiteurs soudains lorsqu'on profite du rayonnement d'un orgasme.

— Val ? cria Meadow, le son étouffé par la porte de la chambre.

La porte déverrouillée.

Val se figea et Asher gémit :

— Tu penses qu'ils vont s'en aller ?

Ce qui la fit rire.

— Ce n'est pas drôle, grommela-t-il avec un sourire débonnaire.

La situation était plus embarrassante que marrante, et pourtant elle se sentait incroyablement heureuse à ce moment-là, bien que collante. Ils coururent tous les deux vers la salle de bains pour faire une toilette rapide, elle entre les jambes, et lui pour s'asperger le visage.

Quant à sa queue ? Techniquement, elle était propre tant elle l'avait sucée. Son orgasme s'était avéré un peu plus compliqué à nettoyer pour lui. Il était doué avec sa langue. Dommage qu'ils n'aient pas pu profiter plus longtemps l'un de l'autre. Elle avait le sentiment qu'il pourrait être l'homme qui lui donnerait enfin des orgasmes multiples.

Ils enfilèrent leurs vêtements aussi vite qu'ils le purent, mais pas assez pour éviter les regards entendus lorsqu'ils émergèrent dans le salon du penthouse.

Meadow souriait d'une oreille à l'autre. Nova avec un air narquois. Les joues de Poppy étaient roses. Rok, lui, buvait une bière qu'il posa au moment où il vit Asher.

— Dieu merci, tu es là. Allons au bar et au casino.

Asher haussa un sourcil.

— La route s'est si mal passée ?

— Un homme ne peut écouter qu'une certaine dose de gloussements idiots avant de vouloir se fourrer un pic à glace dans l'oreille, tonna Rok alors qu'il se dirigeait vers la porte, juste avant de faire volte-face. Il s'avança vers Meadow en piétinant, planta un baiser sur ses lèvres et lui rappela :

— Je te vois dans quelques heures.

Il lui pinça également les fesses, ce qui fit rougir Meadow, mais aussi sourire.

Asher jeta un coup d'œil à Val, et elle le vit réfléchir pour voir s'il devait faire de même.

— N'y pense même pas, siffla-t-elle, répondant à sa question.

Ils s'étaient peut-être procuré du plaisir, mais elle n'était pas prête à être en couple, pas devant Meadow et compagnie, en tout cas.

Une fois les garçons partis, les filles bondirent.

— Alors, toi et Asher ? s'aventura Meadow.

— On a passé un bon moment. Rien d'autre.

Un très bon moment qu'il faudra peut-être renouveler. Plus d'une fois.

— Désolée de vous avoir interrompus, ricana Nova.

Poppy sauva Val d'un embarras total en demandant :

— Est-ce que quelqu'un a faim ? J'ai apporté des brownies.

Ils passèrent le reste de la nuit à manger des brownies et des brioches à la cannelle et à boire le vin rouge que tante Cécile apporta. Elle finit par rester et en profiter avec elles.

Quand elles finirent le vin, elles filèrent toutes au lit, y compris Valencia. Elle ne se réveilla que brièvement lorsqu'Asher se glissa sous les couvertures avec elle. Elle devrait probablement lui dire de prendre le canapé de peur que les gens ne se fassent une fausse idée.

Mais bon, c'était déjà le cas, et il était tard. Elle se blottit dans ses bras et ne se réveilla que bien après l'aube. Seule.

Eh bien, voilà qui était nul. Elle se redressa et vit qu'il avait laissé un mot sur la table de nuit.

Passe juste un coup de téléphone si tu as besoin de moi, Princesse. À plus tard.

Pas une déclaration d'amour. Ni une demande insistante. Juste une belle missive lui faisant savoir qu'elle n'avait pas été oubliée. Elle la glissa dans son sac à main, alors même qu'elle se réprimandait intérieurement de faire preuve d'une étrange sentimentalité.

La journée s'était avérée mouvementée, mais

amusante. Winnie était venue à l'hôtel avec le bébé et sa mère et s'était bien entendue avec tout le monde, même tante Cécile. Après une matinée de shopping de mariage, ils étaient allés déjeuner au restaurant pendant que le bébé faisait la sieste à côté d'eux, dans un berceau que Cécile avait apporté spécialement.

Cet après-midi-là, pendant que Winnie emmenait le bébé à la maison pour une bonne sieste, il y eut encore plus de shopping, Val faisant le chauffeur dans son 4x4. Elles n'avaient pas du tout vu les garçons, même si Val aurait pu jurer avoir aperçu Rok, et même Asher, à plusieurs reprises. Est-ce qu'ils gardaient un œil sur elles ? Très probablement. Peut-être que c'était même prudent vu le type roux qu'elle avait aperçu deux fois maintenant. Un des espions de Rocco ? Il en serait bien capable. Val ne doutait pas que ce gros abruti essaierait quelque chose. Ce genre de mec ne supportait pas d'être battu. Surtout par une femme.

Ils retrouvèrent les garçons pour le dîner, et Val aurait pu avoir un haut-le-cœur à la façon dont son estomac se serrait et son cœur palpitait à la vue d'Asher. Meadow n'eut aucun scrupule à se jeter sur Rok, qui l'embrassa passionnément. Quant à Asher, il ne tenta rien d'aussi audacieux, mais lorsqu'ils suivirent le groupe jusqu'au dîner, il la retint plutôt que de la laisser entrer dans le restaurant. Il la tira derrière un arbre en pot et murmura :

— J'ai eu envie de faire ça toute la journée.

Avant qu'elle ne puisse demander quoi, il l'embrassa. Un long baiser qui signifiait plus de regards entendus et de sourires alors qu'ils rejoignaient la fête. Elle les laisserait sourire. La lueur intérieure qu'elle ressentait en valait la peine.

Le dîner fut bruyant, la famille d'Asher s'étant jointe à eux. Après le dessert, Winnie et sa mère partirent avec le bébé, mais elle insista pour que son mari reste avec les garçons pour profiter de l'enterrement de vie de garçon impromptu composé de strip-teaseuses et de bière hors de prix.

Ce n'était pas une chose avec laquelle Val se trouva être d'accord, ce qui conduit Asher à se moquer avant de partir :

— Ne t'inquiète pas, Princesse. Aucune d'entre elles ne t'arrive à la cheville. Je te dégusterai plus tard.

La promesse n'apaisa pas complètement sa jalousie. Peut-être aurait-elle dû embaucher des strip-teaseurs pour leur propre événement. *Je parie qu'il ne serait pas si blasé si c'était le cas.*

Plutôt que de rester à l'hôtel, tante Cécile s'était arrangée pour qu'ils soient emmenés en limousine chez un rival. Giorgio, qui était aussi son amant à temps partiel, les accueillit. C'était un bel homme d'une cinquantaine d'années avec des fils d'argent dans ses cheveux noirs qui regardait tante Cécile avec un air idiot. Il leur donna suffisamment de jetons pour causer de sérieux dégâts.

Meadow avait vraiment envie de jouer aux machines à sous. Elle riait quand elle gagnait, gloussait quand elle perdait. À huit heures, elles s'arrêtèrent pour profiter du concert donné par un groupe local et burent de nombreux shots de tequila, puis revinrent au jeu, pour les autres jeunes femmes, du moins. Val s'abstint parce qu'elle avait remarqué qu'elles étaient surveillées.

Pour attirer les espions, elle se rendit aux toilettes et joua à Candy Crush sur son téléphone. Après quinze minutes, Asher s'aventura prudemment.

— Val ? Ça va ?

— Non, je me noie dans les toilettes.

Il était inquiet et avec raison. Il ne devrait pas être dans cet espace réservé aux femmes, d'autant plus qu'il avait senti la présence de quelqu'un dans l'une des cabines.

Val était assise dans l'espace destiné au maquillage, ce qui fit qu'elle le vit dans le miroir et haussa un sourcil.

— Comment t'es-tu retrouvé ici ? Je pensais que ton plan impliquait de la bière et des strip-teaseuses.

Il fourra ses mains dans sa poche alors qu'il se rapprochait et garda sa voix basse.

— Il s'avère qu'aucune d'entre elles n'est aussi sexy que ce que nous avons déjà. Donc, plutôt que de payer trop cher pour la bière, nous avons pensé que nous jouerions pour de l'argent. Enfin, Rok et moi. Gordie est rentré retrouver Winnie.

— Et vous venez de vous retrouver dans le même casino que nous. À nous espionner.

Elle objecta clairement plutôt que de réagir à la partie où il disait essentiellement qu'elle était à lui.

— Penses-y comme faire d'une pierre deux coups. Nous voulions juste nous assurer que rien de mal ne se produise.

— Tu as peur que Rocco fasse un coup stupide ?

Il jeta un coup d'œil à la porte fermée où se déversait une chasse d'eau.

— Il aime faire des trucs vraiment craignos.

Cela lui fit froncer les sourcils et elle se tourna sur le tabouret pour lui faire face.

— Craignos comment ?

Il garda la bouche fermée alors qu'une femme sortait de l'unique cabine occupée, non sans lancer un sale regard à Asher en passant.

— La rumeur dit que Rocco pourrait vendre des drogues illégales.

— Et où tu as entendu cette rumeur ?

Il haussa les épaules.

— J'ai peut-être fouiné un peu aujourd'hui pendant que tu étais avec les filles.

— Pourquoi ?

La raison la frappa au moment où elle posa la question.

— À cause de ta famille.

— Je ne veux pas qu'il leur arrive quoi que ce soit, et avec Rocco qui prend des risques... Il fallait que je fasse quelque chose.

— Genre ? Tu vas rassembler des preuves pour pouvoir porter l'affaire devant la police ?

Une grimace étira ses lèvres.

— Je préfère ne pas les impliquer.

Un sentiment qu'elle pouvait comprendre.

— Personne n'en a envie, mais garde à l'esprit que les flics ne poursuivront pas ta sœur et ton mari, sauf s'ils participent activement.

— J'en suis conscient. Et ils ne participent pas.

Cependant, la situation est un peu plus compliquée que cela.

Elle ne dit rien, elle attendit.

Il s'appuya contre le miroir et soupira.

— Ma famille a des secrets. De gros secrets. Nous n'avons pas besoin que la police mette son nez dans nos affaires. Crois-moi quand je te dis que ce ne serait pas bon.

— Si tu as besoin d'un bon avocat, je peux en recommander quelques-uns.

— D'autres membres de ta famille ?

— Mon oncle me doit une faveur. Je connais aussi un mec qui peut résoudre les problèmes, le genre de mec qui n'a pas peur de prendre les mesures plus drastiques si tu es vraiment inquiet.

Certains mecs auraient peut-être hésité à son insinuation qu'elle tolérait le meurtre. Comme elle était réaliste, Val savait parfois qu'il n'y avait qu'une seule façon de vraiment résoudre une situation déplorable.

— La seule chose qui pourrait aider serait que Rocco se mette devant un bus.

— Cela pourrait s'arranger.

Ses yeux s'écarquillèrent.

— Tu plaisantes, n'est-ce pas ?

Elle sourit.

— Qu'est-ce que tu crois ?

Toujours laisser les hommes se poser la question. Un conseil donné par tante Margaret, qui avait été mariée cinq fois.

— Est-ce que je t'ai déjà dit aujourd'hui à quel point tu es incroyable, Valencia Berlusconi ?

— Tu es en retard sur ton quota.

— Alors laisse-moi rectifier cela.

Il la fit se lever et inclina son menton. Avant qu'il ne puisse l'embrasser, quelqu'un entra et leur lança un sale regard.

Val rit.

— Je pense que c'est notre signal pour partir. Vous allez nous rejoindre maintenant que vous avez été démasqués ?

— On ferait mieux. Peut-être que Rok arrêtera de faire la tronche si nous le faisons. Il est fou de ton amie.

— Je sais.

C'était adorable et écœurant à la fois. Elle le regarda.

— Je jure, si jamais tu me traites un jour comme une poupée de porcelaine...

— Tu me tireras dessus. Crois-moi, je suis au courant.

— Bon. Maintenant, sors d'ici avant que quelqu'un n'appelle la sécurité à propos du pervers dans la salle de bains.

— Juste un pervers pour toi, Princesse, dit-il avec un clin d'œil.

Elle s'esclaffa.

— Je ne sais pas pourquoi je t'aime bien.

— C'est parce que je suis incroyable.

— Tu n'es pas trop mal. La plupart du temps, offrit-elle en levant les yeux au ciel.

— Tu me tues, Princesse.

— Oh, tu vas mourir, pour sûr. Plus tard, quand nous rentrerons à l'hôtel.

Des mots qu'elle murmura contre sa bouche.

Il frissonna.

— Est-ce que ça doit être plus tard ?

— La fête n'est pas finie. En parlant de cela, nous devrions aller les retrouver.

— On y va ?

Il lui offrit son bras, mais elle secoua la tête.

— Je te rejoins dans quelques minutes. J'ai besoin de savoir où est passé mon gâteau en forme de pénis.

L'expression de son visage valait vraiment la peine.

— Euh. Peut-être que Rok et moi vous rejoindrons après le gâteau.

Son sourire s'agrandit alors qu'elle gloussait.

— Mauviette.

Il se pencha pour chuchoter :

— Disons plutôt tenté de te montrer la vraie chose.

Il n'y avait qu'une seule réponse à cela.

— Vivement.

— Allumeuse, grogna-t-il en l'embrassant.

Puis il s'en fut, et elle admira la vue de son cul avant de remettre du gloss.

Il est temps de retrouver ce gâteau. Elle sortit des toilettes pour tomber sur un visage familier, quoiqu'indésirable.

— Si ce n'est pas la prétendue fiancée d'Asher, dit Mélinda avec un ricanement.

— Si ce n'est pas la pétasse qui a trompé son mari avant leur mariage, riposta Val.

— Vierge, mon cul. Il y a « Salope » écrit partout sur toi.

Val offrit un sourire froid à la femme.

— Et tu sais de quoi tu parles.

L'insulte fit rougir le visage de Mélinda.

— Je suis mariée.

— Et ? Je suis sûre que cela ne t'a pas arrêté.

— Cela n'arrêtera pas Asher non plus. Il a toujours eu un faible pour les femmes.

— Je suppose qu'il n'avait pas rencontré la bonne personne pour l'apprivoiser.

Les mots de Val firent mouche.

— Il t'utilise, cracha Mélinda.

— Ah bon ? Où est-ce que moi, je l'utilise ?

— Il ne t'épousera jamais.

Une réplique acérée qui fit ressortir le côté obstiné de Val.

— Il m'épouserait ce soir si je disais oui. Maintenant, si tu veux bien m'excuser, j'ai un pénis à retrouver.

Elle leva le menton en sortant, seulement pour trébucher lorsque cette chienne la poussa dans le dos.

Val heurta le mur en face des toilettes des femmes avant de faire demi-tour. Elle regarda Mélinda.

— Où est ton protecteur ? s'exclama Mélinda.

— Je n'en ai pas besoin. Mais toi, si.

Il y avait quelque chose de satisfaisant à frapper l'autre femme. Ce fut encore mieux quand elle entendit le craquement et le cri qui indiquaient qu'elle avait cassé un nez.

Elle aurait pu ajouter quelques claques en plus, mais elle avait mieux à faire. Cela, cependant, ne l'empêcha pas d'offrir une dernière réplique.

— Bonne chance pour expliquer à ton mari pourquoi tu as ressenti le besoin de venir faire chier la fiancée de ton ex-petit ami.

— Espèce de pute, lança Mélinda en tenant son nez ensanglanté.

La porte des toilettes s'ouvrit et la personne qui y entra lui donna un coup de poing, lui faisant perdre connaissance.

CHAPITRE DIX-SEPT

Quand Asher quitta Val, il souriait d'une oreille à l'autre.

Quelle femme ! Il n'avait jamais été aussi heureux que lorsque Winnie avait envoyé un texto à Gord pour lui dire qu'elle avait besoin d'un remède anti-colique. Une fois qu'il était parti, et qu'ils avaient vu que les stripteaseuses n'avaient aucun intérêt pour eux, Rok se tourna vers lui en disant :

— Tu veux aller voir les filles ?

Putain ouais, évidemment qu'il voulait aller les voir. Être loin de Val lui rongeait les entrailles et pas seulement parce qu'il craignait pour sa sécurité. Il n'y avait pas de raison qu'elle n'aille pas bien compte tenu de la taille de leur groupe dans un casino sécurisé. En cas de problème, Nova pouvait botter le cul de qui que ce soit, sans oublier que Val pouvait se débrouiller toute seule.

Pourtant, il lui tardait de la retrouver. Il ne pouvait pas s'empêcher de penser à elle. À ce qu'ils avaient fait. Au plaisir...

Bien qu'Asher ait pris une douche, son parfum s'accrochait à lui. S'il ne savait pas que la revendication demandait de coucher avec quelqu'un, il aurait dit que cela s'était déjà produit à cause du lien qu'il ressentait. Un lien différent de tout ce qu'il avait connu auparavant.

Ce qui pourrait expliquer son inquiétude. Un malaise l'avait taraudé toute la journée, surtout une fois qu'il avait réalisé ce dont Rocco faisait trafic. Gordie s'était montré utile à cet égard, l'inquiétude pour sa nouvelle famille l'amenant à parler à Asher des choses qu'il avait vues en tant que comptable de la meute. Des incohérences dans les reçus. Un manque d'explication pour certaines factures. La drogue qu'il avait sentie en passant devant un entrepôt que Rocco gérait pour récupérer des papiers.

Il semblait bien que Kit avait raison. Il y avait quelque chose de putride chez la meute Festivus. Jusqu'à présent, il avait envoyé ses découvertes par SMS à Kit. Il ne répondait pas, mais il relayerait sans aucun doute le rapport d'Asher.

Que ferait le Lykosium ? Si Rocco était impliqué dans un trafic de drogue illégale, Asher pouvait les imaginer s'occuper durement de son cas pour donner l'exemple. Mais jusqu'où s'étendait la pourriture ? Bruce était-il impliqué ? Une partie, voire la plupart de la meute ?

Ce n'était pas son problème. Il faisait ce qu'on lui avait demandé, et il aurait dû être soulagé de savoir qu'on s'occuperait du cas de Rocco. Cela diminuerait la menace qu'il représentait.

Le couloir sans issue où se trouvaient les toilettes

menait au casino proprement dit, où il se dirigea vers une table de poker. Asher gloussa presque à la vue de Nova, renfrognée à côté de son petit tas de jetons, tandis que Poppy frappait dans ses mains, probablement parce que son tas venait juste de grossir.

— J'ai encore gagné !

— Comment est-ce possible ? se plaignit Nova. Tu as appris à jouer il y a cinq minutes !

— Je suppose que j'ai juste de la chance.

Non, Asher était celui qui avait de la chance d'avoir trouvé la seule femme qui le faisait se sentir complet.

Nova le repéra et se moqua :

— Ahah, voici le co-dépendant numéro deux.

— Qu'est-ce que c'est censé vouloir dire ?

Nova tourna la tête vers Rok, qui se tenait à côté de la chaise de Meadow, où elle tira un levier puis sautilla d'excitation alors que les rouleaux ralentissaient jusqu'à s'arrêter. L'expression nunuche de Rok fit grimacer Asher.

— Je ne suis pas comme ça, grommela-t-il.

— Pas encore, mais ça viendra. Tu es tellement fou d'elle, c'en est dégoûtant.

Il fit la moue.

— C'est si évident ?

— Juste un peu.

Nova aurait pu le taquiner davantage si tante Cécile n'avait pas applaudi et beuglé plus fort que les cloches retentissantes :

— L'enterrement de vie de jeune fille, c'est l'heure du gâteau. Faites venir la future mariée !

Alors qu'Asher et les autres s'approchaient de l'immense table ronde réservée pour eux, où douze personnes pourraient tenir confortablement tant que cela ne dérangeait personne de glisser le long de la banquette, il remarqua que Val ne les avait pas encore rejoints. Qu'est-ce qui la retenait ? Parce que ce n'était certainement pas le gâteau, qui est arrivé dans sa splendeur dressée, entraînant Meadow dans une crise de rire et Nova dans une grimace. Rok regardait partout sauf dans la direction du gâteau, et le visage Poppy s'empourpra.

Quant à Asher, ce pressentiment lancinant se transforma en véritable panique.

Danger.

Il s'éloigna de la fête et courut presque en direction des toilettes, paniquant pour rien. Cela ne faisait que quelques minutes qu'il l'avait quittée.

Assez longtemps pour que Val disparaisse, ne laissant derrière elle que son odeur, la sienne et celle d'une femelle garou. Une odeur qu'il reconnaissait.

Mélinda. L'odeur familière lui serra l'estomac. Que voulait-elle de Val ? Cela n'avait pas d'importance. Si elle avait touché à un seul putain de cheveu...

Sa lèvre se retroussa en un grognement alors qu'il traversait le couloir jusqu'aux portes de sortie. Un panneau indiquait « *Sortie sous surveillance. Une alarme retentira en cas d'ouverture* ».

Un coup d'œil au-dessus de sa tête lui fit réaliser que la caméra pointait dans la mauvaise direction. Il ouvrit la porte en grand. Pas un seul bruit ne retentit. Quelqu'un avait désactivé la sécurité.

Son estomac se serra encore plus.

Il sortit pour se retrouver dans un parking asphalté.

Pas de Val. Pas de Mélinda. Rien que des feux arrière qui s'éloignaient et une porte qui se verrouillait derrière lui.

Merde. Il resta un moment debout, les mains sur les hanches, regardant à gauche et à droite. Peut-être avait-il paniqué pour rien. Peut-être que Val et Mélinda avaient simplement discuté et étaient restées coincées dehors. Peut-être que Val avait fait le long chemin pour rentrer.

Il savait qu'il prenait ses désirs pour des réalités vu qu'il ne pouvait pas localiser son odeur. Espèce d'imbécile. Il devrait essayer de l'appeler. Il sortit son téléphone et composa son numéro.

Cela sonna quatre fois avant qu'il ne finisse sur messagerie. Ça ne voulait pas dire que quelque chose était arrivé. Son instinct animal lui hurlait le contraire.

Il rappela, et cette fois ce fut la mauvaise personne qui répondit.

— Cela ne t'a pas pris longtemps.

Entendre la voix de Rocco fit frissonner Asher.

— Qu'as-tu fait de Val ?

— Rien pour le moment. Ne t'en fais pas, le temps qu'elle te revienne, elle sera bien utilisée. Tout comme ma putain de femme l'a été.

— Tu n'as pas intérêt à entraîner Val là-dedans. Surtout vu que tu sais que Mélinda était consentante.

— La tienne le sera aussi une fois que je l'aurai adoucie avec un mélange spécial de médicaments.

— Tu n'as pas intérêt !

— Trop tard. Je l'ai attrapée, et tu ne peux rien y faire.

— Tu n'es qu'un putain de bâtard.

— Et ouais. Et peut-être que tu auras de la chance et que tu devras élever le mien, de bâtard.

Rocco raccrocha et Asher jeta son téléphone au sol dans un rare accès de rage avant de faire les cent pas.

Maintenant quoi ? Sauver Val, bien sûr. Où Rocco avait-il bien pu l'emmener ?

Il se pencha, ses mains à plat sur les cuisses, et prit quelques respirations profondes.

Réfléchit.

Il ne pouvait pas réfléchir. La panique l'envahissait. Rocco avait Val. Et plus longtemps il l'aurait, moins Asher serait capable de la récupérer saine et sauve.

La porte de sortie s'était refermée derrière lui, et plutôt que de faire le tour, il récupéra son téléphone dont l'écran était désormais fissuré et appela Rok.

Dès que son Alpha décrocha, il lui raconta le problème à la hâte :

— Le fils du chef de meute a pris Val pour se venger d'un truc qui s'est passé il y a longtemps. Je dois la récupérer.

— Où es-tu ?

C'était tentant de le dire à Rok et de l'avoir à ses côtés ; cependant, impliquer l'Alpha d'une meute rivale pouvait déclencher une guerre. Non pas que Rok s'en soucierait, ce qui était le problème. Il redirigea l'attention de Rok.

— Je ne sais pas s'ils ciblent quelqu'un d'autre qui me soit proche. Tu devrais mettre les filles en sécurité.

— Nova peut s'en occuper.

— Une fois qu'elles seront de retour dans le penthouse, oui, mais étant donné que j'ai été pris en embuscade hier avec Val, tu ne devrais pas prendre de risques.

Rok ne le contredit pas, mais demanda :

— Où l'a-t-il emmenée ?

— Je ne sais pas.

Asher se rendit compte qu'il n'y avait probablement qu'un seul endroit que Rocco utiliserait pour un acte infâme de ce genre.

— Je dois y aller. Je t'enverrai un texto quand j'aurai trouvé l'endroit.

— Asher, n'y va pas seul.

— Je n'en ai pas l'intention. Je suis sur le point de contacter les renforts.

Les renforts étant Kit. Mais d'abord, il devait contacter Gordie.

Lorsque son beau-frère répondit, il lui dit :

— J'ai besoin de l'adresse de l'entrepôt que Rocco utilise.

Gordie hésita avant de lui donner ce qu'il demandait et d'ajouter :

— Pourquoi ?

Ce n'était pas la peine de mentir.

— Rocco a pris Val.

Il raccrocha et envoya un texto à Kit et Rok.

Kit ne répondit pas, mais Rok lui fit un bref message : *Attends-moi.*

Asher ne le pouvait pas. Pas avec Val en danger.

J'arrive, Princesse.

CHAPITRE DIX-HUIT

Val était loin d'avoir prévu de terminer sa soirée de cette façon, dans le coffre d'une voiture, mais elle ne paniqua pas pour autant, malgré la tentation. Ce n'était pas la première fois qu'elle se faisait piéger de cette façon.

Tante Kiki possédait une casse et quand Val était ado, elle s'était fait un devoir d'apprendre à Val comment s'échapper si jamais elle était piégée contre sa volonté. Tante Kiki avait vu beaucoup de documentaires sur d'horribles faits divers.

La plupart des voitures construites après 2002 avaient un mécanisme de déverrouillage à l'intérieur du coffre. Si seulement Val pouvait le trouver...

Elle tâtonna dans le noir pour localiser le bouton. Une fois trouvé, il suffirait d'attendre que le véhicule ralentisse ou s'arrête à un feu.

Pendant qu'elle attendait, elle se maudissait d'être aussi stupide. Il ne lui était jamais venu à l'esprit que Mélinda pourrait avoir un complice. Cet enlèvement avait-il été planifié ou improvisé ?

Peu importait.

Le résultat restait que Val avait été kidnappée et se retrouvait coincée à écouter la musique de merde qui sortait des haut-parleurs de la voiture, dont le « boum boum » résonnait au rythme du battement de sa tête. Au moins, cela couvrirait le bruit qu'elle ferait en s'échappant.

La voiture ralentit jusqu'à s'arrêter.

Clic. Le coffre s'ouvrit et Val se fit tomber hors de la voiture, heurtant violemment le trottoir. Au diable la douleur, cependant. La première règle de la survie : s'éloigner à tout prix.

Elle se leva et prit ses jambes à son cou. Elle était toujours en ville, même si elle se trouvait désormais dans la partie industrielle de celle-ci. Ce n'était pas franchement génial, puisque cela voulait dire qu'il n'y avait que peu de passage. La bonne nouvelle, c'était qu'il y avait beaucoup de zones d'ombre pour se cacher. Elle se précipita vers le bâtiment le plus proche, voulant rester hors de vue. Elle tourna au coin de la bâtisse et s'appuya contre le béton, faisant de son mieux pour contrôler sa respiration. Malgré la musique, ses ravisseurs avaient déjà remarqué sa fuite. Cet idiot de témoin sur le tableau de bord l'avait probablement révélée.

Les portes des voitures claquèrent et Val entendit des voix :

— Tu disais qu'elle était dans les pommes.

La voix de Rocco.

— Cette pute a dû se réveiller.

Un mari et une femme qui enlevaient les gens

ensemble. Comme c'est mignon. Et terrifiant. Merde. Elle tapota ses poches à la recherche de son téléphone.

Disparu.

Pas d'arme non plus. Une occasion rare. Putain de casinos et leurs maudits détecteurs de métaux. Elle avait laissé son arme à l'hôtel, n'imaginant pas qu'une soirée avec un groupe de femmes serait dangereuse.

Son meilleur espoir ? Se cacher jusqu'à ce qu'ils se lassent de la chercher et s'en aillent. Ensuite, elle trouverait un moyen de contacter Meadow. Ou Asher. Il serait tellement énervé !

Merde, elle était énervée. Comment ces connards osaient-ils l'entraîner dans leur stupide vendetta ? Si Rocco voulait être en colère, alors il devrait peut-être blâmer sa femme.

Elle ne les entendait plus parler. N'entendait plus rien du tout, en fait. Pas même le ronronnement du moteur de la voiture. Elle compta jusqu'à cent puis jeta un coup d'œil au coin de la rue.

La voiture était partie.

Elle poussa un soupir de soulagement, mais ne quitta pas sa cachette pour autant. Ils avaient très bien pu se garer plus loin, espérant qu'elle se révélerait.

Appuyée contre le mur, elle ferma les yeux, ne pensant pas à sa tête douloureuse ou au fait qu'elle avait été kidnappée, parce que ces deux choses craignaient. Elle se concentra plutôt sur l'homme qui lui faisait ressentir des choses auxquelles elle ne s'était jamais attendue. Lui donnait envie d'une vie qu'elle avait évitée jusqu'ici.

Val s'était pleinement attendue à devenir sa tante

Cécile, une femme d'affaires célibataire à vie. Maintenant... elle n'en était pas si sûre.

Un bruit à l'arrière du bâtiment la fit se retourner. Au début, elle ne vit rien, puis une paire d'yeux se refléta, blanche et brillante. Une forme sombre s'approcha. Plus gros qu'un rat. Plus grand qu'un chat.

Elle retint son souffle comme si cela la rendrait invisible pour la créature qui se rapprochait. Elle avança tranquillement et s'approcha suffisamment pour que Val parvienne à distinguer sa forme dans l'obscurité. Un chien géant. Probablement sauvage s'il était seul dans cet endroit la nuit.

Il grogna.

Elle recula, n'osant pas en détourner les yeux. La bête se rapprocha, et elle sortit de la cachette que lui offrait le bâtiment pour se retrouver sur le trottoir en béton qui bordait la route.

L'animal la suivit. Elle se rendit alors compte qu'elle regardait un loup, pas un chien. Un gros loup, dont la fourrure brune était striée de mèches plus claires et dont les impressionnantes dents brillaient quand il grognait.

À cause de cette distraction, elle ne remarqua pas l'homme dans son dos, qui lui enroula un bras autour du cou en chuchotant :

— Je t'ai eue !

Val se débattit, donna un coup de tête en arrière et entendit un craquement satisfaisant. Elle enfonça son pied en donnant un grand coup de coude dans le ventre de son adversaire. Rocco desserra son emprise, et elle se libéra, seulement pour vaciller en faisant face à une femme nue. Bouche bée sous le choc, elle ne put éviter le second coup à la tête.

La prochaine fois que Val se réveilla, sa tête lui faisait mal, mais moins que ses poignets. Probablement parce qu'elle était attachée à une chaise posée au milieu d'un espace caverneux.

Dans la pénombre, elle remarqua des caisses empilées et un chariot élévateur actuellement inutilisé. Un entrepôt, donc. Ce n'était pas bon. Il n'y avait qu'une seule raison pour l'attacher dans un tel endroit.

— Enfin, elle se réveille. Il était temps. J'ai attendu. Ce n'est pas amusant si tu n'es pas réveillée pour hurler.

Rocco se pavanait entre des caisses en bois, torse nu, le bouton du haut de son pantalon défait. Oh, merde.

Elle tira sur les liens qui la retenaient.

— Laisse-moi partir.

— Si tôt ? Mais on n'a même pas commencé à s'amuser.

Il s'arrêta devant elle, un sourire maléfique aux lèvres.

— Je ne sais pas à quel jeu de merde tu joues, mais ça doit s'arrêter maintenant. Quel que soit ton problème avec Asher, discutes-en avec lui.

Elle essaya de paraître plus courageuse qu'elle ne l'était.

Rocco s'accroupit.

— C'est ma façon de gérer mon problème avec ce joli petit enculé. Il a souillé une chose qui m'appartient. Je prévois juste de lui rendre la pareille. C'est tout. Une fois qu'on aura fini ici, tu pourras aller retrouver ton amant.

Bien qu'une fois qu'il sentira ce que j'ai fait, je doute que vous soyez ensemble longtemps.

La peur glaçait ses veines. Le genre d'impuissance qu'elle détestait.

— Il y a quelque chose qui ne va vraiment pas chez toi.

— En fait, je suis très bien formé. Toutes les femmes le disent.

Il se releva en bombant le torse.

— C'est pour ça que ta femme a dû aller chercher ailleurs ?

Ce n'était pas son commentaire le plus brillant, mais elle n'était pas sur le point de se recroqueviller devant cet enfoiré.

Les lèvres de Rocco se pincèrent.

— Mélinda regrette ce choix, et dans le cadre de ses excuses continues, c'est elle qui a suggéré un échange équitable.

— Me violer n'est pas équitable, hurla presque Val, se balançant sur la chaise, frustrée lorsque rien ne bougea ou se desserra.

— Je veux qu'Asher ressente la même chose que moi. Qu'il sache qu'il n'est pas le premier à mettre sa queue en toi.

— Détrompe-toi, connard. Tu auras de la chance si tu as même une queue une fois que j'en ai fini avec toi.

La menace émergea dans un grognement sourd pendant qu'Asher sortait d'entre des caisses.

Les yeux de Val s'écarquillèrent, mais pas autant que ceux de Rocco, bien qu'il cache sa surprise lorsqu'il se tourna pour faire face à Asher.

— Comment tu m'as trouvé ?

— Tu as vraiment pensé que je ne serais pas capable de suivre ma compagne à la trace ? grogna Asher.

— Ce n'est pas encore ta compagne.

— Elle l'est de toutes les manières qui comptent, et même si elle n'était pas le cas, ce que tu es sur le point de faire est un crime passible de la peine de mort.

Une minute, quoi ? Elle n'avait pas pris Asher pour le type violent, et pourtant il semblait si dangereux alors qu'il se rapprochait. Il était hérissé de la tête aux pieds. Ses yeux brillèrent, et pendant un instant, il eut une nature primale autour de lui qui la fit frissonner.

— Seulement punissable si quelqu'un le découvre, railla Rocco.

— Est-ce qu'une preuve vidéo suffit ? demanda Asher en levant son téléphone. J'appuie sur Envoyer, et ils sauront.

Qui ça, ils ? Il devait parler des flics.

— Je ne peux pas te laisser faire ça.

Une nouvelle voix se fit entendre. Un homme qu'elle avait vu au baptême apparut.

Asher se retourna.

— N'interfère pas, Bruce. Je ne t'ai appelé ici que pour que tu sois témoin en personne de la dépravation de ton fils, puisque tu n'y as apparemment pas prêté attention.

— J'étais au courant, admit doucement Bruce.

— Et n'a rien fait pour l'arrêter ?

Asher semblait sincèrement déçu.

— La vie est dure depuis le choc pétrolier. Un

meneur doit faire ce qu'il faut pour maintenir son peuple à flot.

— En faisant circuler de la drogue ?

— Je n'ai jamais dit que j'étais d'accord. Cependant, en tant que prochain Alpha, Rocco a le droit de choisir la direction dans laquelle la meute ira.

— Une direction qui inclut l'enlèvement et le viol ?

La mâchoire de Bruce se serra.

— Tu sais que je ne tolérerai jamais ça.

— Ah bon ? Parce que l'Alpha que j'ai connu en grandissant était un homme honnête. Il n'aurait jamais été du genre à vendre de la drogue ou à laisser quiconque, même son fils, blesser une femme.

— Juste ta femme. Et tu sais pourquoi.

— Tu ne peux pas sérieusement me blâmer pour les actions de ton foutu fils.

— Rien ne serait arrivé si tu étais resté à l'écart. Pourquoi as-tu dû revenir ? dit Bruce en secouant la tête.

— Crois-moi, j'aurais aimé ne pas l'avoir fait. L'Alpha que je connaissais était un homme bon. Le genre qui ne tolérerait jamais ça, réprimanda Asher, et Bruce se recroquevilla de honte.

— Je ne m'attendais pas à ce que les choses finissent ainsi, admit Bruce avec lassitude.

— Tu te moques de moi ? cracha Rocco. Tu ne te plaignais pas de l'argent supplémentaire que j'apportais !

— J'ai été faible et j'avais tort.

Bruce baissa la tête avant de jeter un regard brûlant sur son fils.

— J'aurais dû mettre un terme à tes bouffonneries il y

a longtemps. Mais je ne l'ai pas fait, et je vais devoir vivre avec ça. Mais ça suffit. Cette fois, tu es allé trop loin.

Rocco ricana :

— Tu n'aimes pas ça ? Tant pis. Tu sais où est la porte.

— Tu devrais peut-être écouter ton Alpha, vu le train auquel les choses ont l'air d'aller pour toi.

Un autre étranger émergea, mais le visage d'Asher se détendit à la vue de celui-ci.

— Kit, Dieu merci. Je me demandais si tu avais reçu mes messages.

— Qui t'es, toi ?

Rocco se hérissa, gonflant d'une manière alarmante.

Même les yeux de Bruce prirent une lueur dure.

— Vous empiétez sur des choses qui ne vous concernent pas, étranger.

— Au contraire. Vos actions *me* concernent. Je suis ici pour affaires officielles. Au cas où il y aurait le moindre doute... Kit montra quelque chose qui fit se dégonfler Bruce.

— Putain. Le conseil vous a envoyé, dit-il en s'effondrant.

Mais Rocco ne cédait à personne. Les criminels abandonnent rarement tranquillement.

— Je me fous de savoir pour qui ce connard travaille. Ce territoire nous appartient.

— Seulement par la grâce du Lykosium, a déclaré Bruce, confondant Val.

Qu'est-ce que c'était que ce Lykosium ?

— Au diable le conseil ! s'exclama Rocco.

— Surveille ta bouche autour de l'Exécuteur, putain de crétin.

Son père montrait enfin des signes de perte de sang-froid.

— Ou quoi ? Qu'est-ce qu'un seul connard pense pouvoir faire ? Peut-être as-tu besoin d'une leçon sur les raisons pour lesquelles il ne faut pas mettre son nez dans les affaires des autres.

Rocco fit craquer ses articulations, et ce ne furent pas seulement les sourcils d'Asher qui se levèrent.

Kit semblait incrédule.

— Tu es assez stupide pour me menacer ?

— Il ne le pensait pas.

Bruce s'empressa de désamorcer la situation.

Seulement, Rocco ne le laissait pas faire.

— Oui, je te menace. Non, je te fais une promesse. Tu vas regretter d'avoir mis ton nez dans mes affaires.

Le manteau de Kit était suffisamment ouvert pour que Val voie l'étui à l'intérieur. Il avait une arme à feu.

— Il semblerait que ma présence ici était justifiée. Vous avez enfreint pas mal de lois, Rocco Durante.

Cela ressemblait définitivement à un flic, mais pourquoi affrontait-il Rocco seul ? Quelque chose dans la situation n'était pas normal, et elle fronça les sourcils. Elle blâma sa tête lancinante pour avoir manqué l'indice qui donnerait un sens à tout cela.

— D'après moi, personne ne saura rien si tu n'es pas en mesure de le signaler, continua Rocco.

— Tu penses que tu peux me tuer ? ricana Kit. Toi et quelle armée ?

— De la façon dont je vois les choses, c'est trois contre un.

Asher secoua la tête.

— Comme si j'allais être de ton côté. Selon toi, qui a appelé Kit ?

— Traître ! cracha Rocco. Voyons si tu changes d'avis une fois que ton précieux exécuteur n'aura d'autre choix que de tuer ta putain d'humaine. Parce que tu sais que les lois stipulent qu'un humain non lié ne peut pas connaître notre secret.

Quel secret ? Était-ce toujours à propos de la drogue ou...

Pourquoi Rocco baissait-il son pantalon ?

Ses yeux s'écarquillèrent lorsque la chair de Rocco ondula soudain. Sur son torse nu, de la fourrure se mit à pousser, ses membres se déplacèrent, perdirent leur forme et devinrent quelque chose d'autre. La transformation n'avait pris que quelques secondes.

Val cligna des yeux.

Mais le fait demeurait. Rocco était devenu un gigantesque loup.

CHAPITRE DIX-NEUF

La situation merdique se transforma en un véritable cauchemar lorsque Rocco exposa délibérément le secret des garous devant Val, exploitant la faille dans leurs lois qui voulait que les humains qui connaissaient leur secret soient éliminés. Quelqu'un devrait vraiment faire quelque chose contre les types sans scrupule comme Rocco, qui en abusaient pour se débarrasser des gens.

Kit grimaça.

— J'aurais vraiment préféré qu'il ne fasse pas ça.

Il fouilla à l'intérieur de son manteau et le ventre d'Asher se serra lorsqu'une arme en sortit.

Sur qui Kit prévoyait-il de tirer ?

Juste au cas où ce serait Val, la seule non-garou, Asher se tint devant l'homme.

— Pas d'action précipitée.

— C'est un peu trop tard pour ça, dit Kit d'un ton sec. Bouge. À moins que tu veuilles voir ta compagne se faire dévorer ?

Quoi ? Asher se retourna juste à temps pour voir Rocco s'avancer vers Val en grognant.

Bruce cria :

— Rocco, non !

Comme si cet enfoiré allait commencer à écouter son père maintenant.

— J'en ai assez de ce cirque, marmonna Kit en pointant son arme.

Seulement, alors qu'il allait tirer, Bruce le tacla, lui faisant rater son tir. La décharge du pistolet détourna l'attention de Rocco, mais seulement pendant une seconde. Assez longtemps pour qu'Asher puisse courir vers lui tout en déboutonnant son pantalon et en enlevant ses chaussures.

Il venait de se débarrasser de sa chemise lorsque Rocco reprit sa marche vers Val, qui était toujours ligotée et en état de choc évident.

— Pourquoi ne pas combattre quelqu'un de ton espèce ? cria Asher.

Rocco s'arrêta assez longtemps pour lui jeter un regard par-dessus une épaule poilue. Il souffla de moquerie. Ce putain de bâtard n'accepterait tout simplement pas d'avoir perdu. Pas sans causer plus de mal d'abord.

Rocco sauta vers Val.

Asher avait manqué de temps. Il portait toujours son pantalon, mais s'en fichait. Il explosa, ses vêtements se déchiquetant avec l'urgence de sa transformation, parce qu'il savait que sa forme humaine n'avait aucune chance contre un loup adulte dans un combat. Il devait sauver Val, mais il avait une seconde de retard. Rocco la percuta et fit basculer la chaise. Val tomba sur le sol, dos en premier, et poussa un bref grognement.

Un coup de feu retentit et Rocco tourna légèrement la tête, une pause suffisante pour qu'Asher fasse un bond en avant. Il percuta Rocco avant que l'autre loup ne puisse arracher la gorge de Val. L'élan les fit chuter tous les deux.

Cela n'avait rien à voir avec les films, leurs partitions musicales et leurs images au ralenti. Un combat de loups manquait de grâce. La technique n'y avait vraiment pas de rôle. Leurs formes mêmes les enfermaient dans une bataille difficile, avec des pattes munies de griffes et des museaux allongés renfermant des dents destinées à déchirer. Cela se résumait à un test de force et d'endurance qui impliquait beaucoup de grognements et de claquements. Il fallait se débattre pour voir qui pourrait obtenir une meilleure prise.

Attraper un coup mettrait fin au combat. Un combat qu'Asher ne pouvait pas perdre.

Il pouvait entendre le halètement de Val pendant qu'elle luttait pour se libérer. La chaise ne s'était pas cassée, mais la corde entourée autour du haut de son corps s'était déplacée et desserrée.

Avec une impulsion, Rocco s'éloigna d'Asher et gratta sur le sol en béton en direction de Val. Le bâtard se précipita, la bouche ouverte pour s'attaquer à elle.

Val cria :

— Comme si j'allais te laisser faire !

Elle donna un coup de pied au museau de Rocco qui allait la mordre. Puis un autre pour le repousser.

Cela permit à Asher de s'approcher suffisamment

pour enfoncer ses crocs dans l'une des pattes arrière de cet enfoiré et l'éloigner de Val. Il grogna et secoua la tête pendant qu'il tirait, ressentant une rare joie au jappement de douleur de Rocco.

Celui-ci se tortilla et Asher perdit son emprise, bien qu'il déchire toujours la chair de Rocco alors qu'il se détournait, blessé.

Asher serra plus fort, lui infligeant plus de morsures, dominant la lutte. Tous deux soufflèrent d'effort avant qu'Asher ne chevauche Rocco et n'enserre son cou de ses crocs.

Il pouvait y mettre fin maintenant, s'il le voulait. Arrêter ce mec qui était ce qui se faisait de pire en tant que personne et s'assurer qu'il ne fasse jamais de mal à quelqu'un d'autre.

Bruce s'écria :

— Ne tue pas mon fils !

La supplication d'un père qui aimait son enfant unique. Un homme qui avait ignoré les crimes commis par Rocco.

Tuer Rocco rendrait service au monde entier. Ainsi qu'à Bruce. Il pourrait alors cesser de couvrir son fils.

La pression dans la mâchoire d'Asher augmenta, écrasant le cou. Rocco paniqua et se débattit, mais Asher le tenait trop fermement. Il l'aurait tué, mais il aperçut Val qui le fixait. Elle avait réussi à se lever de la chaise et s'était assise, la tête tournée, ignorant Kit, qui sciait à travers la corde en lui tenant les poignets liés.

Il ne voulait pas qu'elle voie plus de violence. Elle pensait probablement qu'il était un monstre et c'était bien assez. Mieux valait laisser Kit arrêter Rocco et le ramener au Lykosium pour le procès et l'exécution. Certains crimes étaient trop graves pour être pardonnés.

Asher s'éloigna du corps qui gisait sur le sol et se demanda combien de sang maculait sa fourrure. Val n'avait encore rien dit, mais elle se leva, acceptant la prise offerte par Kit, trébuchant légèrement sur lui avant de se remettre.

Kit replaça son couteau sur la lanière de son étui vide. Il avait dû perdre son arme.

Toujours sous sa forme de loup, Asher fit un pas dans la direction de Val. Elle ne broncha pas, mais ses lèvres se pincèrent. Son regard se rétrécit.

Certainement pas contente de lui, mais au moins elle ne montrait aucune peur.

Soudain, ses yeux s'écarquillèrent et sa bouche s'entrouvrit.

— Asher, derrière toi !

Il semblait que Rocco n'avait pas abandonné. Asher se retourna, se préparant à relever le défi. Il entendit le coup de feu avant d'en voir l'effet.

Un trou apparut entre les yeux de Rocco. Le loup tomba au sol. Le tir avait été mortel.

— Mon fils, sanglota Bruce, courant vers le corps.

Difficile de se sentir mal pour lui puisqu'il était en partie responsable. Si seulement Bruce avait maîtrisé Rocco plus tôt, avant qu'il ne devienne complètement dépravé !

Kit fronça les sourcils en direction de Val.

— Tu as volé mon arme.

Il n'y avait pas une once de vergogne de sa part.

— J'ai égalisé les chances.

— Rends-la-moi.

Kit tendit la main, seulement pour recevoir un regard glacial.

— Je ne pense pas, non.

Ce n'était pas la meilleure réponse compte tenu de ce que Kit représentait.

— Garde-la, alors. Je m'occuperai de toi plus tard.

Kit se dirigea vers Bruce, qui pleurait à chaudes larmes, agenouillé près du corps sans vie de Rocco.

Asher reprit sa forme à deux jambes. Pourquoi pas ? Ce n'était pas comme s'il pouvait cacher ce qu'il était. Plus maintenant. Il voulait au moins pouvoir s'expliquer.

— Val, je...

— Tu vas mettre quelque chose ? Je ne te parlerai de rien pendant que ta queue pendouillera.

Elle détourna les yeux de lui.

Il s'arrêta sous le choc.

— Désolé.

Un coup d'œil autour de lui montra que la chose la plus proche était son pantalon en lambeaux. Les garous oubliaient souvent à quel point les humains pouvaient être embarrassés par la nudité. Il enfila les restes autour de ses parties intimes.

— C'est mieux ?

— À peine.

— Si tu te sens trop habillée, tu peux te déshabiller.

À l'expression du visage de Val, il offrit un penaud :

— Trop tôt ?

— Bien trop tôt pour être blasé. Putain, qu'est-ce qui se passe, Asher ?

— C'est compliqué.

— C'est compliqué d'être marié à quelqu'un d'autre. Ce qu'il se passe est juste complètement fou.

— C'est...

— Tu as tué mon mari !

Mélinda émergea d'entre les piles, balançant une barre de métal qui n'atteignit jamais sa cible.

Boum.

Mélinda tomba sur le sol, hurlant de douleur à cause du trou dans sa jambe, maudissant la personne qui lui avait tiré dessus.

— Enflure ! Comment oses-tu essayer de me tuer ?

— Si je voulais ta mort, tu aurais un trou dans la tête, histoire d'être assortie à ton cher et tendre.

Val n'avait jamais semblé plus féroce.

— Putain d'humaine. Je vais t'étriper, siffla Mélinda.

Montrant trop de calme, Val s'avança et posa le canon de l'arme contre le front de Mélinda.

— Tu me tentes vraiment de fermer de force cette bouche stridente.

Mélinda ferma sa bouche aussitôt. Sage décision. Elle se contenta d'agripper sa jambe en lançant un regard noir.

Val parcourut attentivement la zone et, comme si elle était satisfaite que les menaces aient été maîtrisées, glissa le pistolet dans sa ceinture avant de se diriger vers Asher.

Il sourit.

— Princesse, je suis...

Il aurait dû s'attendre à la gifle.

CHAPITRE VINGT

La colère envahit Val. Ce connard de menteur. Lui cacher un secret poilu de cette taille !

La peur glaçait ses veines. Parce qu'elle avait failli mourir.

Une peur mélangée à de la stupéfaction parce que, putain de merde, les loups-garous existaient. Dont Asher, qui était passé de loup à homme nu, attrapant les chutes de son pantalon pour les nouer autour de sa taille afin de cacher ses parties intimes. Cela le laissait toujours à nu. Il devait avoir froid sans sa fourrure.

Putain de fourrure.

Elle n'arrivait toujours pas à y croire. Quand Rocco s'était changé en loup, elle avait d'abord pensé qu'ils l'avaient droguée. Seulement, cela s'était avéré réel.

Trop réel. Ensuite, Asher s'était transformé, et ce qu'il restait de sa santé mentale et de ses émotions se brisa.

Elle avait giflé Asher.

Ça faisait du bien, alors elle lui donna un coup de

poing dans le ventre. C'était comme frapper un putain de mur.

Elle était nez à nez avec lui et cracha :

— Qu'est-ce que c'est que ce bordel ? Comment as-tu pu ne pas me dire que tu es une bête enragée ?

— Si j'étais enragé, c'était uniquement parce que tu étais en danger.

Le ton doux de sa réponse atténua sa colère.

— Je peux me défendre.

— C'est ce que j'ai vu.

Puisqu'elle ne pouvait pas évaluer ce qu'il ressentait réellement à l'idée qu'elle tue quelqu'un, elle ajouta rapidement :

— C'était de la légitime défense.

— Je sais. J'étais là, tu te souviens ?

— Je n'aurais rien eu à faire si tu t'étais occupé de lui, se plaignit-elle.

Au départ, il lui avait semblé qu'Asher tuerait Rocco. Puis, juste au moment où il tenait littéralement l'autre loup à la gorge, il s'était éloigné.

— J'avais peur que tu paniques en me voyant tuer un homme.

— Ce n'était pas un homme, dit-elle catégoriquement.

Ses lèvres se pincèrent :

— Les psychopathes, quelle que soit leur forme, ne peuvent pas être autorisés à errer librement.

— Je m'en souviendrai pour la prochaine fois.

Il jeta un coup d'œil à Mélinda, qui se plaignait parce que Kit lui liait les mains plutôt que de soigner sa blessure.

— Je suis surpris que tu l'aies laissée vivre.

— Afin d'éviter des accusations, quelqu'un proche de Rocco pourrait recueillir tous ses péchés.

— Nous ne pouvons pas aller voir les flics.

— Je suppose que non.

Comment pouvaient-ils expliquer qu'un loup mort semble se transformer lentement en humain ? Bizarre. Elle frissonna.

— Ça va ?

— Pas vraiment.

L'admission lui échappa avant qu'elle ne puisse l'arrêter.

Alors qu'il allait la prendre dans ses bras, elle se déplaça hors de portée. Elle n'était pas encore prête. Elle avait de nombreuses questions.

— Comment se fait-il que tu ne m'aies jamais parlé de ton truc animal ?

— Comment cette conversation se serait-elle déroulée, exactement ? Chère Princesse, je suis un loup-garou qui aime son steak bien cuit, pas saignant, et adore courir à quatre pattes et à poil sous la pleine lune.

— Ce n'est pas drôle.

— On est d'accord.

Elle jeta un coup d'œil à son expression de pierre sans humour.

— C'est sérieusement perturbant.

— En effet.

Elle voulait crier, mais ses réponses calmes rendaient cela impossible. Pire, elle ne pouvait pas rester en colère contre lui. Elle passa une main sur son visage.

— Il me faut du vin. Beaucoup, beaucoup de vin. Et

quelques sucreries parce que tu as beaucoup d'explications à donner.

— Promis. Je te raconterai tout une fois que je t'aurai ramené à l'hôtel.

— Attends une seconde. L'humaine ne peut pas partir. Elle n'est pas liée par serment, dit Bruce en la pointant du doigt d'un air accusateur.

Étant donné qu'une grande partie du blâme pour les actions de Rocco reposait sur lui, elle dut résister à la tentation d'attraper le pistolet et de lui montrer ce qu'elle pensait de ses compétences parentales.

Avant qu'elle ne puisse l'impressionner avec son tir, Asher se précipita à sa défense.

— Elle n'est pas liée par serment parce qu'elle n'était pas censée l'apprendre de cette manière. Tu peux blâmer ton fils pour ça.

— Cela ne change rien au fait qu'elle sait, et qu'elle est un problème. Un problème qui doit être géré immédiatement, renchérit Bruce.

Hérissé de colère, Asher répliqua d'un ton sec.

— Je m'occuperai de ma compagne.

Bruce ricana :

— Peu importe ce qu'elle est. Les humains doivent prêter serment pour connaître notre secret, sinon ils en subissent les conséquences. La loi est la loi, n'est-ce pas, exécuteur ?

Il se tourna vers Kit, qui semblait occupé à envoyer des SMS.

— Vous êtes vraiment un cas, marmonna Kit en réponse. Je vois de qui le fils tenait.

— Mais j'ai raison.

Bruce semblait triomphant.

Asher pâlit.

— De quoi parle-t-il ? C'est quoi, cette histoire de serment ? Pourquoi est-ce un si gros problème ?

Val était perdue dans cette conversation.

La gorge serrée, Asher répondit :

— C'est une promesse contraignante qu'un humain fait pour l'empêcher de parler de nous aux autres.

— Nous… comme nous les loups-garous, au pluriel ? Parce que toi et Rocco n'êtes évidemment pas les seuls.

Il acquiesça.

Les loups-garous existaient. Combien exactement ? Cela n'avait pas d'importance. Elle n'avait pas le choix.

— Tu veux que je jure que je ne dirai rien ? Bien. Ton secret est en sécurité avec moi. Comme si quelqu'un allait me croire, de toute façon.

Ces derniers mots étaient marmonnés dans sa barbe.

— Ce n'est pas si simple, déclara Asher. Tu dois prêter serment devant un Alpha pour que la magie opère.

— La magie ?

Elle éclata de rire. Là encore, son incrédulité était peut-être déplacée compte tenu de ce qu'elle venait de voir.

— Bonne chance pour en trouver un à temps, car je ne t'aiderai pas.

Bruce continuait d'être un sale con.

Kit les avait tous ignorés pour traquer Mélinda qui rampait, ne laissant pas ses poignets et ses chevilles ligotés l'arrêter.

— Est-ce que je suis en retard ?

Rok apparut.

Meadow semblait secouée, mais s'accrochait à ses côtés. Nova et Poppy étaient avec eux, cette dernière étant la plus surprenante avec son expression féroce.

— Cela ne te concerne pas, Fleetfoot.

Bruce concentra sa colère sur les nouveaux arrivants.

— Je ne suis pas d'accord. Il, dit Amarok en inclinant la tête en direction d'Asher, m'appartient.

— Mais il a enfreint les règles sur mon territoire, contesta Bruce.

— Ce n'est pas le tien, en fait, déclara Kit, se relevant après avoir lié le corps lié de Mélinda, dont les poignets maintenant attachés à ses chevilles. En tant qu'émissaire du Lykosium et exécuteur de leurs lois, je déclare la Meute Festivus sous la tutelle du Lykosium jusqu'à ce que tu aies répondu de tes crimes et de ceux de ton fils décédé.

— Tu ne peux pas faire ça. Je ne savais rien des plans de Rocco, fulmina Bruce.

— Ce qui signifie que tu as ignoré ce qui s'est passé sous ton nez ou que tu étais trop stupide pour le voir se produire. Lequel des deux ? répondit sèchement Kit.

— Je ne serai pas emprisonné, déclara Bruce.

— Cela ne dépend pas de toi.

Lorsque Bruce essaya de s'enfuir, Nova le plaqua au sol et prit les attaches que Kit lui remit pour le ligoter. Personne ne sembla choqué par les événements qui se déroulaient de manière plus dramatique que dans n'importe quel feuilleton.

Alors que Val les regardait tous, elle réalisa soudainement quelque chose.

— Putain de merde, vous êtes tous de mèche.

Elle jeta un coup d'œil à Meadow qui se mordait la lèvre inférieure.

— Même toi. Tu étais au courant de cette histoire de loup.

— Je suis désolée. Je ne pouvais rien te dire.

— Je suis ta meilleure amie !

Elle éclata de colère pour cacher sa douleur.

Rok s'avança devant Meadow comme pour la protéger.

— Ne lui en veux pas. Elle m'a fait une promesse et l'a tenue.

— Et qui es-tu vraiment, au juste ? Parce que tu n'es évidemment pas qu'un simple propriétaire de ranch.

— Je suis l'Alpha de la meute sauvage.

— Sauvage ? Val haussa un sourcil. Ce qui signifie ? Vous êtes des tueurs enragés ?

— Impossible d'être plus éloigné de la vérité. Et je peux te l'expliquer.

Rok se racla la gorge et détourna les yeux pendant une seconde. Le rouge lui monta au visage.

— J'étais ivre quand notre nom de meute a été choisi.

— C'est parfait parce que chacun des membres de notre meute deviendrait sauvage si quiconque osait blesser l'un d'entre nous, souligna Nova.

— Ce sont de bonnes personnes.

Val se dirigea vers Meadow qui avait affirmé cela.

— Punaise, tu es aussi l'un d'entre eux. J'avais raison. Tu es dans une secte !

Tout le monde regarda Val avec des expressions choquées. Nova rompit le silence avec un éclat de rire.

— Nous pensons faire de notre slogan de meute, «

Rejoignez-nous, nous servons les meilleurs cookies », ajouta Poppy.

— C'est dingue, marmonna Val.

— Est-ce que ça aiderait si je te disais qu'on ne les lèche pas ?

Asher essayait d'alléger l'ambiance.

Elle le regarda.

— C'est encore trop tôt pour tes blagues.

Elle refusait même de penser au fait qu'il avait fait allusion à l'idée de se lécher les couilles. Beurk. Au lieu de cela, elle se concentra sur autre chose.

— Amarok a dit à Bruce que tu lui appartenais. Qu'est-ce que ça veut dire ?

Rok répondit :

— Asher est mon Bêta. Mon bras droit.

Ce qui le rendait important dans la hiérarchie, on dirait.

— Nous avons tous nos rôles, ajouta Asher.

— Je suis la garce lesbienne, déclara Nova avec un clin d'œil.

— Trop de choses bizarres pour une seule journée.

Val allait partir, seulement pour que Kit bloque la sortie. Elle n'avait plus de patience.

— Hors de mon chemin.

— J'ai bien peur que notre affaire ne soit pas tout à fait conclue.

— Peut-être que la vôtre ne l'est pas, mais j'ai fini.

Elle sortit l'arme qu'elle avait gardée.

— Bouge.

Ce furent les mots doux d'Asher qui l'arrêtèrent.

— Tu ne peux pas encore partir, Princesse.

— Ah ? Elle se retourna et pointa l'arme sur Asher. Tu vas m'arrêter ?

— Si je dois le faire. Je préférerais que tu ne m'y obliges pas.

— T'y obliger ? Et tu dis que tu ressens quelque chose pour moi, ricana-t-elle.

— Même pour toi, il y a des règles que je ne peux pas enfreindre.

Asher avait l'air bouleversé. Ses épaules s'affaissèrent.

— Tu devrais écouter ton compagnon, Valencia Berlusconi.

Kit était le seul à parler.

— Ou quoi ? lança-t-elle au rouquin.

— Bien que je reconnaisse que la situation n'est pas de votre fait, comprenez que je vous tuerai pour protéger le secret des garous.

Elle regarda Kit, vit sa mort dans son regard. Il le ferait. Sans scrupule.

Elle se tourna vers Amarok.

— Quelqu'un a dit que je devais jurer devant un Alpha. Est-ce que tu suffiras ?

Il acquiesça.

— Un discours spécial requis ?

— Prononce simplement ton serment à haute voix.

À travers des lèvres serrées, Val prononça son serment :

— Je promets de ne jamais parler à personne de l'existence des loups-garous malodorants, ou du fait que ma meilleure amie épouse une bête rongée par les puces, ou d'avoir affaire à un chien poilu et menteur. Content ?

Elle termina avec un regard noir.

— J'accepte ton serment, dit Rok d'une voix sombre.

Un picotement la traversa. Elle fronça les sourcils, mais tous les autres parurent soulagés.

— Alors c'est bon ? J'ai fait serment alors je suis libre de partir ?

Kit s'écarta en réaction.

Elle sortit de l'entrepôt et entendit quelqu'un la suivre. Ce n'était pas Asher à ses trousses, mais Meadow.

— Val, ralentis ! Maintenant que tu as prêté serment, je peux t'expliquer.

— Maintenant, tu peux le faire ?

Elle se retourna.

— Et avant, quand j'avais peur que tu épouses le gourou d'une secte ? Seulement pour découvrir que c'est *une* secte, et une super secte étrange en prime.

— Ce sont vraiment de bonnes personnes.

— Je suis sûre que c'est le cas. Avec un putain de secret. Merde, Meadow. Tu n'étais pas là pour le voir. Ce sont des bêtes. Quand Asher et Rocco se sont battus...

Elle fit une pause, se souvenant de la sauvagerie à ce moment-là. Elle passa ses doigts dans ses cheveux.

— Putain, il me faut du vin.

— Nous pourrions tous prendre un verre, je pense.

Nova émergea et fit tinter les clés de Val.

— Tu pourrais avoir besoin de ça pour aller n'importe où, cependant.

— Les garçons ont dit que nous devrions retourner à l'hôtel pendant qu'ils nettoyaient.

Poppy, pâle, émergea à son tour, serrant ses bras autour d'elle-même.

Val tendit la main.

— Qu'est-ce qu'on attend ?

Nova referma les doigts sur les clés.

— Je conduis.

— Ma voiture, dit Val.

— Tu n'es pas en état d'être derrière le volant.

Étant donné le battement dans sa tête, Val ne pouvait pas être entièrement en désaccord. Au moins, Nova savait comment accélérer correctement et le fit lorsque Poppy lui demanda de ralentir. Meadow était assise à l'arrière avec Val, lui tenant la main, sans rien dire pour le moment. Bien, parce que Val était encore en train d'analyser tout ce qui s'était passé.

En un rien de temps, ils furent dans le penthouse et commandèrent de l'alcool et de la nourriture.

Val se laissa tomber sur le canapé et soupira.

— Quelle soirée.

— Est-ce que ça va ?

Meadow posa timidement la question, ce qui était différent de sa nature pétillante habituelle.

Elle entrouvrit un œil pour la fusiller du regard.

— Je n'arrive toujours pas à croire que tu m'aies caché cette histoire de loup-garou.

— Je n'avais pas le choix.

— Parce qu'ils t'ont fait jurer de garder le secret. Et le serment de meilleure amie, alors ? Val grimaça. En parlant de secrets, qu'est-il arrivé à ma tante ? La dernière fois qu'elle l'avait vue, c'était au casino.

— Nous lui avons dit que toi et Asher étiez partis pour être romantiques, et quand nous avons prétendu qu'il était l'heure du coucher, elle a choisi de rester avec son petit-ami au casino.

— Bien.

Cela signifiait que sa tante n'avait aucune idée du piège dans lequel elle était tombée.

— Tu veux parler de ce qui s'est passé ? demanda Poppy d'une voix douce.

— Pas encore.

Même si elle avait une question pressante.

— Comment était le gâteau ?

La vidéo qu'elles avaient prise la fit rire. Surtout compte tenu de l'expression d'horreur sur le visage de Rok alors qu'une partie de la crème fouettée qui sortait du gâteau atterrit sur lui.

Val ne resta pas éveillée longtemps après ça, se traînant au lit et disant à Meadow d'aller se faire foutre avec son « Je te réveillerai toutes les deux heures. » Elle n'avait pas de commotion. Ce qu'elle avait était un cœur endolori, parce que le seul mec pour qui elle pensait avoir des sentiments était quelqu'un d'autre.

Un homme au secret poilu, qui était venu à sa défense.

Lorsqu'elle se réveilla au matin et le vit dormir au pied de son lit, plutôt que de lui tirer dessus avec le pistolet qu'elle gardait sous son oreiller, elle l'alerta :

— Pas de toutous sur le lit.

CHAPITRE VINGT ET UN

Ce n'était pas exactement la meilleure façon de dire bonjour, mais Asher la prit comme un signe positif qu'il pourrait peut-être régler les choses avec Val.

Quand Val était partie la veille au soir, tout ce qu'il avait voulu, c'était la suivre. Cependant, le devoir l'avait appelé. Un devoir qui avait commencé par se débarrasser du corps en pleine transformation. Si personne n'y touchait, il pourrait redevenir pleinement humain. Ce n'était pas une chance à prendre. Il fit donc partie du brasier, qui détruisit également toutes les drogues. Mais ils ne mirent le feu à l'entrepôt qu'après avoir transféré tous les disques durs et fichiers dans la berline sombre de Kit garée à quelques rues de là.

Au moins, ils n'avaient pas à s'inquiéter des caméras qui cataloguaient leurs mouvements. Rocco avait fait preuve d'une rare intelligence dans la localisation de son entreprise. Une fois l'entrepôt incendié, sans espoir que les pompiers trouvent autre chose que des cendres et des fragments d'os, Asher et Amarok accompagnèrent Kit à l'aéroport avec la voiture de Rocco. Une fois Kit parti, elle serait emmenée dans une casse pour être broyée.

Alors qu'ils aidaient à charger le jet privé avec les preuves des crimes de Rocco, Kit prit Asher à part.

— La meute Festivus a besoin de quelqu'un pour le guider pendant qu'un nouvel Alpha est choisi.

— Pas moi.

Il prononça les mots alors même qu'il entendait la demande dans la voix de Kit.

— Si, toi. Au moins jusqu'à ce que nous puissions trouver quelqu'un qui convienne.

— Demande à Rok. Il est doué pour diriger les gens.

— Il a sa propre meute à gérer.

— Exactement. Une meute où je suis son Bêta.

— L'un de ses deux Bêtas. Ce type d'entraide entre meutes est exactement le genre de choses qu'on attend de quelqu'un dans ta position.

— Je ne peux pas simplement m'en aller. Rok va se marier dans, genre, une semaine.

— Personne n'a dit que tu ne pouvais pas lui rendre visite. Ou que tu ne pouvais pas déléguer. Ce mec, Gordie, a l'air d'être décent. Et je suis sûr que ta sœur apprécierait de te voir un peu plus longtemps.

Il grimaça.

— Comment me faire culpabiliser !

— Ce n'est pas de la culpabilité. Cela s'appelle avoir une conscience morale. Ça se raréfie dans certaines meutes ces jours-ci.

Kit fit signe aux pilotes, qui fermèrent la soute et montèrent dans l'avion pour le préparer au départ.

— Être le patron, c'est beaucoup de travail. Je ne sais

pas si je veux avoir ce genre de responsabilité en permanence.

— Ce ne serait que pour quelques semaines, quelques mois tout au plus. Règle simplement les querelles et assure-toi que personne ne fait rien de stupide.

— Et Val ?

— Quoi, Val ? Ta compagne. Ton problème.

Quand sa vie était-elle devenue si compliquée ?

La raison lui lança un regard noir, l'air froissé et magnifique.

Cela faisait de sa décision quand il était arrivé tard au penthouse. Plutôt que de la déranger en rampant dans le lit à côté d'elle, il s'était installé dans l'espace à ses pieds.

Il s'étira :

— Je promets que je ne perdrai pas de poils.

— Je ne couche pas avec des animaux.

— Et si je te dis que mes vaccins sont à jour ?

— Je déteste les chiens.

— C'est une bonne chose que je sois un loup, alors.

Elle pinça les lèvres.

— Ce n'est pas drôle.

— Non, ce n'est pas drôle, c'est pourquoi nous devrions probablement en parler.

— Tu veux dire discuter du fait que tu m'as menti.

— Pas par choix. Tu peux sûrement comprendre pourquoi nous gardons cela secret.

— Je ne suis pas stupide. Évidemment, tu ne peux pas le dire à n'importe qui.

Le non-dit dans son ton boudeur était clair : pourquoi ne la pensait-il pas digne ?

— Je voulais te le dire, mais nous nous sommes

rencontrés il y a seulement quelques jours, et ce n'était pas vraiment le bon moment. Puis hier soir est arrivé...

— Tu t'engages souvent dans des batailles à mort ?

— Non. Hier soir n'est pas la norme pour notre espèce.

— Tu veux dire que vous n'êtes pas tous une bande de mégalomanes qui aiment kidnapper et torturer les femmes ?

— Nous sommes arrogants, mais les psychopathes comme Rocco sont rares.

— Pas vraiment, vu que j'ai rencontré sa femme. Complètement tarée.

Elle enfonça un doigt sur le côté de sa tête.

— Je dois dire, je pense que tu l'as échappé belle.

Il frissonna.

— C'est clair.

Il s'arrêta avant de dire :

— Alors, combien as-tu appris hier soir ?

— Pas grand-chose parce que, très honnêtement, je voulais juste être un peu ivre et aller me coucher. Bien que discuter de toute cette affaire de loup-garou m'ait rappelé que je devrais investir dans l'argent au cas où le reste du monde apprendra tout ça un jour.

— Je l'ai déjà fait, dit-il avec un sourire. Reece l'avait suggéré lorsqu'une vidéo est apparue l'année dernière. Nous pensions que notre secret était foutu, mais le Conseil de Lykosium a réussi à la discréditer.

— Ils sont...

Elle l'incita à continuer.

— Ceux qui mettent les meutes et leurs membres au pas.

— Ce qui indique un niveau de gouvernement. Merde.

Elle s'appuya contre les oreillers.

— Je ne peux pas croire que tu hurles à la lune.

Elle se mordit la lèvre inférieure.

— C'est contagieux ?

— Non. Nous sommes nés ainsi.

— Nés ? Ses yeux s'écarquillèrent. Est-ce que Meadow va avoir des chiots avec Rok ?

— J'ai bien peur que leurs enfants paraissent tout à fait normaux. Cependant, ils prendront très probablement après leur père, étant donné que le gène garou a tendance à être dominant même lorsqu'il est mélangé à l'homme.

— Quand vous parlez de meute, cela signifie-t-il que vous aimez tous courir dans les bois et faire pipi sur les arbres qui marquent votre territoire ?

— Seulement lorsque nous pouvons être assurés de la confidentialité.

— D'où la raison pour laquelle vous vivez tous au milieu de nulle part.

Elle fronça les sourcils alors qu'elle tirait sur la couverture.

— Bruce et sa bande ont pourtant choisi d'être en ville. Et ta sœur... est-elle aussi une louve ?

Il acquiesça.

— Et ma mère.

— Putain de merde.

Elle avait l'air de beaucoup dire ça.

— Ça va, Princesse ?

— Je suis juste un peu dépassée. J'ai l'impression qu'il y en a une tonne de choses que je ne sais toujours pas.

— C'est une bonne chose que nous ayons toute une vie pour que tu apprennes tout.

— Toute... une vie ?

Sa voix était faible.

— Je t'avais prévenu qu'une fois qu'on aurait couché ensemble, ce serait pour toujours.

— Techniquement, nous n'avons pas eu de relations sexuelles.

— Non, effectivement, et pourtant ton odeur est en train de changer.

— Pardon ?

— Ce n'est pas quelque chose que tu remarquerais. Les humains ne s'en rendent pas compte. C'est un truc de garou. Lorsqu'un véritable accouplement se produit, l'odeur du couple se transforme en quelque chose qui les combine tous les deux. C'est comme ça que les autres savent qu'il faut rester à l'écart.

— Mais nous n'avons pas eu de relations sexuelles, souligna-t-elle. Pas en personne. Dans sa tête, ils avaient baisé une dizaine de fois.

— Nous avons cependant atteint un orgasme mutuel et, si je me souviens bien, il y avait du sperme.

Il fit un clin d'œil.

— En d'autres termes, tu m'as marquée avec du sperme.

— Si je me souviens bien, tu l'as avalé.

Elle gémit.

— Ne me le rappelle pas. Je n'arrive pas à croire que j'ai laissé un mec qui se lèche les couilles lécher ma vulve.

Il sourit.

— Je n'en aurai plus besoin maintenant que nous nous sommes trouvés.

Ce qui implique qu'ils seraient en train de baiser. Et s'il était sérieux, de baiser exclusivement à vie.

— Je ne pense pas être prête pour ça.

— Je t'avais prévenue.

— Je pensais que tu étais dragueur et mignon. Il n'y a pas de chose aussi sûre que l'éternité.

— Si, quand on trouve la bonne personne.

— Moi ? interrogea-t-elle.

— Toi.

— Et si on se détestait dans une semaine ?

— J'en doute.

— Un mois ?

Il la prit dans ses bras.

— N'aie pas peur, Princesse.

— Je n'ai pas peur.

— Tout va s'arranger. Nous sommes censés être ensemble.

— Comment le sais-tu ?

— Parce que je t'aime.

CHAPITRE VINGT-DEUX

Asher avait lâché « Je t'aime » et sa première impulsion fut d'éclater de rire. Comment pouvait-il dire ça ? Ils ne se connaissaient que depuis quelques jours.

On aurait dit que c'était plus long. Et elle pouvait même comprendre pourquoi il pensait que c'était peut-être de l'amour. L'intensité entre eux ne ressemblait à rien de ce qu'elle avait jamais connu.

Pourtant...

Elle réfuta tout :

— C'est de la luxure.

— Je sais à quoi ressemble la luxure. Crois-moi, c'est plus que cela.

— Est-ce que c'est le cas, vraiment ? Je ne sais rien à propos de toi. Ou toi de moi.

— Eh bien, je sais que tu as une famille nombreuse et j'aime bien ta tante Cécile.

— Ce que tu ne sais pas, c'est que mes parents étaient des addicts. Des addicts aux jeux d'argent et aux drogues. M'abandonner, me traiter comme un inconvénient, ne leur posait aucun problème. Ma famille m'accueillait à tour de rôle quand j'étais jeune. En vieillissant, j'ai appris à gérer les choses par moi-même.

— Dans mon cas, mon père est mort quand nous étions jeunes. J'ai commencé à travailler à douze ans pour pouvoir contribuer aux finances familiales.

— Est-ce un concours d'enfances difficiles ?

— Plutôt une manière de te faire savoir que je comprends le fait de galérer.

— Pourtant, je n'ai pas l'impression que ta mère t'a négligé.

— Et je parie que ta famille élargie a fait de son mieux pour offrir son soutien même si tu l'as rejeté.

Elle fronça les sourcils.

— Comme si je ne savais pas que c'était eux qui mettaient de la nourriture dans notre frigo quand j'étais à l'école.

Ses parents n'avaient jamais pensé aux choses de base, comme utiliser de l'argent pour faire les courses. Ses grands-parents étaient du genre à laisser un nouveau sac à dos rempli de fournitures scolaires au pied de son lit la veille du début de l'école chaque automne.

Ils parlèrent tout ce matin-là, émergeant pour manger et se socialiser avant que les autres ne partent. Étant donné qu'Astra avait commencé à avoir des contractions la nuit précédente, Meadow et sa bande (parce qu'elle ne risquait pas de penser à Amarok comme étant le chef) avaient décidé de rentrer chez eux un jour plus tôt.

Val n'était pas prête, pas avec sa tête encore douloureuse, et pour être honnête, elle avait besoin de plus de temps pour gérer les choses. Sans surprise, Asher resta avec elle. Il ne lui mit pas la pression pour faire autre chose que parler.

— Demande-moi n'importe quoi.

Il le pensait.

Elle commença avec des questions douces, et pas celles auxquelles il s'attendait. Elle voulait connaître l'homme. Son premier baiser. La première fois qu'il avait couché avec quelqu'un. Le premier amour était celui dont il finit par se plaindre.

— Mélinda. Pour ma défense, elle n'a jamais montré son côté merdique.

— Ne te sens pas mal. Je suis sorti avec un connard que je pensais aimer aussi.

— Avec le recul, je ne sais pas comment j'ai pu penser que c'était de l'amour.

Il secoua la tête.

— Et pourtant tu es convaincu que c'est ce que tu ressens maintenant.

— Il y a quelque chose entre nous, Princesse. Quelque chose d'exaltant. De terrifiant. Qui me donne envie de choses que je n'ai jamais voulues auparavant.

C'était marrant, il avait réussi à exprimer la même chose que ce qu'elle ressentait.

Bien qu'elle ait pris une douche ce matin-là, elle en aurait besoin d'une autre après le dîner, car le homard devait être mangé avec les doigts et la sauce au beurre lui avait coulé de tous les côtés. Cela permit à Asher de s'échapper, non pas qu'elle se souciait de sa présence. Plus qu'il avait un effet sur elle, un état de conscience qui avait besoin d'être géré.

Elle le laissa nettoyer leur dîner et se dirigea vers la

douche. Elle laissa la porte ouverte, une invitation subtile puisqu'elle n'était pas prête à simplement demander. Elle se déshabilla et se tint sous le jet chaud, laissant l'eau couler sur son corps.

C'était agréable, mais pas aussi agréable que ses mains le seraient. Soupir. Son état d'excitation n'a pas été facilité lorsqu'elle imagina Asher sous la douche avec elle, son grand corps pressé contre le sien, ses mains la caressant.

Cela palpitait entre ses jambes, et se toucher ne ferait qu'empirer les choses. Parce qu'elle le voulait. Elle voulait que sa langue lèche et suce.

Elle se contenta de ses propres doigts, caressant entre ses lèvres inférieures alors qu'elle s'appuyait contre le mur carrelé. Elle les plongea au-dedans, les faisant entrer et sortir avant de caresser son clitoris, le frictionnant d'une manière qui la contracta de l'intérieur.

Un bruit léger lui fit ouvrir les yeux, et malgré la buée sur le mur de verre, elle vit Asher debout dans l'embrasure de la porte. En train de la regarder. Les yeux entrouverts. Bien qu'il ait été surpris en train de regarder, il n'avait pas détourné le regard.

Elle lui fit signe de venir du doigt.

Il se déshabilla en s'approchant, révélant les lignes fines de son corps. Il la rejoignit sous la douche, encombrant soudain le grand espace.

Faisait-elle ce qu'il fallait ?

Oui, fut sa réponse lorsque sa bouche rencontra la sienne, une étreinte douce et langoureuse qui la maintenait dos au mur avec une jambe accrochée autour de sa taille. Son corps pressé entre ses cuisses alors qu'il l'embrassait. Elle planta ses ongles dans ses épaules.

C'était un homme complexe. Peut-être pas le bon. Il était indéniable qu'avec Asher, elle se sentait vivante. Désirée. Et en manque d'affection. Elle prit le contrôle, effleurant de ses mains son physique dur comme le roc. Ses lèvres suivirent le chemin de ses mains. Pinçant. Suçant. Revendiquant cette chair lisse.

— Princesse, murmura-t-il avant de se laisser tomber pour que son visage soit au niveau de son entrejambe.

Elle aurait peut-être été plus déçue si elle ne savait pas à quoi s'attendre.

Il souffla sur elle, un souffle chaud qui provoqua un frisson. Il déposa un baiser contre ses parties intimes et elle l'attrapa par les cheveux pour siffler :

— Ne m'allume pas.

Il la fouetta avec sa langue, lapant son clitoris déjà gonflé. Ses mains ancrèrent ses hanches quand elle sursauta, la maintenant en place pour qu'il puisse continuer à la lécher. Il laissa sa langue explorer son clitoris, se glissant entre les lèvres inférieures pour sonder plus profondément.

Mais ce n'était pas assez. Elle gémit et s'arqua. Il comprit l'allusion et remplaça sa langue par des doigts, puis commença à sucer son clitoris, l'amenant au bord de l'orgasme.

Et ensuite, il s'arrêta.

— Non !

Je n'ai pas fini. Il ricana en se levant, un dieu mouillé qui lui prit l'arrière de la tête et l'attira à lui pour un baiser. Son chibre pressé contre son bas-ventre. Dur et prêt.

— Baise-moi, demanda-t-elle.

— Comme ma Princesse l'ordonne.

Il souleva sa jambe une fois de plus pour la placer autour de sa taille. Il dut se baisser un peu pour obtenir le bon angle avec sa queue. Il trouva l'endroit qu'il cherchait et se glissa à l'intérieur, épais et long, la remplissant, l'étirant, allant assez profondément pour qu'elle le griffe. Il n'eut aucun problème à trouver et à atteindre son point idéal. À la pénétrer en profondeur. À faire tourbillonner son sexe contre son point G, la faisant haleter et frissonner alors qu'il la ramenait au bord de l'orgasme et l'y retenait.

Il la tenait au bord du plaisir pendant qu'elle s'accrochait à lui.

— Fais-moi jouir, haleta-t-elle.

Ses doigts s'enfoncèrent dans son cul alors qu'il s'enfonçait plus fort. Plus rapide.

Son souffle sorti dans de chauds halètements. Puis elle ne respira plus du tout. Son orgasme fut si fort qu'elle ne pouvait pas bouger. Quand elle finit par expirer, il capta le son avec sa bouche et ses hanches la pilonnèrent une dernière fois, poussant si profondément à l'intérieur qu'il déclencha une seconde explosion.

Elle se sentait comme une créature désossée, qui aurait pu être aspirée par la bonde de douche s'il ne l'avait pas retenue.

— Ça va ? demanda-t-il doucement.

— Humm.

Ce fut à peu près tout ce qu'elle pouvait dire.

Il rit.

— Allons au lit.

Cela semblait être un excellent plan, d'autant plus que cela signifiait qu'elle pourrait le pousser sur le dos et vraiment explorer son corps. Le monter ensuite jusqu'à ce qu'ils crient tous les deux.

Finalement, ils s'effondrèrent. Rassasiés pour un moment. Heureux. Ensemble.

Pourrait-il en être ainsi pour toujours ?

Le lendemain matin, avant qu'elle ne prenne une décision, quelqu'un beugla son nom.

CHAPITRE VINGT-TROIS

Cette fois, ce n'était pas Meadow et son gang qui attendaient dans le salon.

Tante Cécile et ses poumons impressionnants se tenaient près d'une table où se trouvait un petit-déjeuner gargantuesque. Pourtant, ce n'était pas la raison pour laquelle l'estomac de Val se serrait. Son grand-père et sa grand-mère étaient assis sur le canapé, l'air austère et vêtus de leur tenue du dimanche au lieu d'être chez eux à se préparer pour aller à l'église.

Pourquoi étaient-ils venus ?

— Je suppose que tu as une bonne raison de hurler comme ça ? demanda Val.

Tante Cécile jeta un coup d'œil au-delà de Val, à la porte dans son dos, et inclina la tête.

Oh. C'était à propos d'Asher.

Son amant.

Le loup-garou.

Celui avec qui elle avait eu le sexe le plus incroyable.

Qui avait affirmé qu'ils partageaient un lien unique.

Un problème qui vivait toujours dans le trou du cul du monde et s'attendait à ce qu'elle passe l'éternité avec lui.

Val aimait bien Asher. Elle pourrait peut-être même être heureuse dans ce ranch pendant un temps. Mais pas pour toujours. Val se connaissait. L'ennui ne tarderait pas à s'installer. Elle n'était pas une gentille petite femme d'intérieur et certainement pas une ménagère fermière. Si les supermarchés existaient, c'était pour des gens comme elle. Quant à ses autres compétences domestiques, cuisiner équivalait à brûler tout ce qu'elle préparait. Pour le nettoyage, elle embauchait quelqu'un.

Et sa carrière ? Val s'épanouissait en gérant le bureau du cabinet d'avocats appartenant à son oncle. La responsable administrative d'un avocat spécialiste du divorce faisait plus que simplement commander du papier à lettres et s'assurer que la facture de téléphone était payée. Dans son cas, elle récupérait les dossiers, assistait à certaines réunions pour donner une perspective féminine, et s'était même parfois infiltrée lorsque l'affaire impliquait un mari ou une femme infidèle. Val était le type de tout le monde.

Pouvait-elle abandonner ça pour Asher ? Par amour ?

Asher devait se tromper. Il était dans la luxure. Elle aussi. Des âmes sœurs et pour toujours... Elle n'y croyait pas. Mais bon, la veille, elle ne croyait pas non plus aux loups-garous.

— Bonjour. Qu'est-ce qui vous amène ? demanda-t-elle en se dirigeant vers le buffet. Espérons qu'il y avait du café assez fort pour survivre l'heure suivante.

— Qui est cet homme avec lequel tu es fiancée ? Grand-mère n'y allait pas par quatre chemins.

Val prit son temps pour répondre, attrapant un morceau de pain grillé beurré sous un dôme. Un peu humide à cause de la vapeur provoquée par la chaleur des tranches. Elle mordit un morceau et mâcha en se versant un café, sachant que tarder à répondre rendait ses grands-parents fous.

Mais cela rendrait aussi son grand-père fier. Après tout, c'est lui qui lui avait appris comment tenir les gens en haleine. Cela lui fit se demander ce que le vieil homme penserait d'Asher. Elle avait le sentiment qu'ils s'aimeraient beaucoup.

— Je vois que tante Cécile ne pouvait tout simplement pas se taire. Elle lança un regard noir à son parent préféré après ses grands-parents.

Cécile sourit et haussa les épaules, pas du tout repentante.

— Peut-être que si tu ne gardais pas de secrets, elle ne les aurait pas révélés par accident, répondit sa grand-mère d'un ton mordant.

Cela fit ricaner Val.

— Tu es juste énervée parce que je ne te l'ai pas dit en premier.

— Ton grand-père et moi t'avons pratiquement élevée.

Oui, sa grand-mère était vexée.

— C'est vrai.

Ils avaient continué à essayer alors même que ses parents échouaient. Cela avait rendu Val forte. Assez forte pour ne jamais céder et faire ce qu'elle ne voulait pas. Comme vivre dans les bois.

— Qui est-il ?

Sa grand-mère ne prenait pas la peine de cacher sa colère.

Avant que Val ne puisse répondre, Asher émergea, entièrement habillé et souriant.

— Bonjour. Vous devez être les célèbres grands-parents dont j'ai entendu parler. C'est un tel plaisir de vous rencontrer ! Merci beaucoup d'avoir si bien pris soin de Val dans son enfance. C'est une femme remarquable grâce à vos efforts.

Il avait désarmé ses grands-parents avec une facilité effrayante. Non seulement en réussissant à impressionner grand-père avec son esprit et sa confiance en lui, mais en charmant sa grand-mère au point qu'elle lui tapota même la main en souriant.

Inévitablement, les choses prirent une tournure étrange, la vieille dame n'ayant qu'à dire :

— J'entends toujours le mot fiancé, mais où est la bague ?

Val gémit presque. Elle ouvrit la bouche, prête à admettre qu'ils n'en avaient pas, quand Asher fouilla dans sa poche et en sortit une boîte.

— Compte tenu de la fulgurance de notre cour, j'ai dû attendre qu'elle soit occupée avec Meadow pour en acheter une. Mais d'abord...

Il fit face à son grand-père.

— Monsieur, je réalise que vous n'avez pas encore vraiment appris à me connaître, cependant, n'hésitez pas

— Elle a un téléphone. J'ai fait quelques magasins et leur ai donné une description de la bague. Ensuite, je lui ai envoyé des photos jusqu'à ce qu'elle me dise que j'avais trouvé la bonne. Elle connaissait aussi la taille de ton annulaire.

Ce disant, il attrapa la bague et la tint en l'air.

Le cœur de Val battait à tout rompre.

Pour une raison quelconque, cela rendait les choses trop réelles. Il allait poser la question fatidique. Qu'allait-elle répondre ?

— Valencia, dès le moment où je t'ai rencontrée, j'ai su que tu étais celle qu'il me fallait.

— Je t'ai crié dessus pendant environ vingt minutes la première fois qu'on s'est rencontrés.

Il sourit.

— Tu sais à quel point il est rare qu'une femme fasse cela ?

— Tu es bien trop joli pour ton propre bien.

— On est d'accord. Et tu es beaucoup trop sexy. C'est pourquoi nous sommes parfaits l'un pour l'autre. Épouse-moi, Princesse. Laisse-moi être ton Chewbacca pour toujours.

Elle haletait. Une hyperventilation digne d'une crise de panique pour la première fois de sa vie. Un engagement. Renoncer à tout ce qu'elle connaissait. Tout ce pour quoi elle avait travaillé.

Pour le bon homme.

Il lui tendit la bague et elle lui tendit la main. Elle glissa le long de son doigt, parfaitement ajustée. Sa grand-mère renifla. Tante Cécile siffla. Quant à Grand-Père, eh bien, il se leva et s'éclaircit la gorge.

à faire autant de recherches sur moi que vous le souhaitez. Vous apprendrez que suis travailleur et loyal.

— Selon ses amis, il envoie presque tout son salaire à sa mère pour l'aider.

— Ne laissant rien pour sa femme, dit Grand-Mère avec un regard dur.

— Je ne voudrais jamais que Valencia manque de quoi que ce soit, se défendit Asher.

— Et je n'ai pas besoin de l'argent d'un homme, grommela-t-elle.

— Elle n'a pas non plus besoin de ma permission, ajouta Grand-Père. Alors ne me demande pas de te la donner. Ce n'est pas moi qui décide.

Ce qui conduisit Asher à se tourner vers Val, avec un sourire des plus désarmants.

Oh non.

Il n'allait pas faire ça.

Et pourtant.

Il posa un genou à terre et la regarda.

— Je suis content que ta famille la plus proche soit ici en ce moment.

— Meadow n'est pas là.

— Mais Meadow est déjà au courant. Selon toi, qui m'a aidé à choisir la bague ?

Il ouvrit la boîte pour montrer un saphir serti dans une délicate bande d'or blanc. Une copie presque parfaite de la bague de ses rêves qui figurait dans son album de mariage.

— Comment ? chuchota-t-elle. Tu n'as jamais été seul avec Meadow.

— Je m'attends à ce que nous recevions une invitation de mariage sous peu.

Val cligna des yeux.

— C'est tout ? Il me demande en mariage, je dis oui, et vous partez ?

Grand-Mère lui fit un sourire entendu en disant :

— Tu oublies, nous étions jeunes autrefois. Je me souviens de ce qui s'est passé après que ton grand-père m'a eu demandé de l'épouser.

Beurk.

CHAPITRE VINGT-QUATRE

Asher pensait que Val allait mourir d'embarras :
— Argh. Mes yeux ! Mon innocence !
— Ne sois pas si prude, dit sa grand-mère d'un ton guindé. C'est après la demande d'Antonio que Cécile a été conçue, ajouta-t-elle, faisait tant rire Tante Cécile qu'elle manqua de s'étouffer.
— Trop d'informations ! Beaucoup trop d'informations, s'écria Val en entrant dans la chambre.
Asher, laissé derrière, haussa les épaules.
— Elle est dépassée.
— Elle est très précieuse pour nous.
La conversation s'assombrit lorsque le grand-père de Val baissa la voix pour dire :
— Blesse-la et ils ne trouveront pas ton corps.
— Je mourrai avant de lui faire du mal.
— Bien. Tu veilleras à ce qu'elle nous rende visite régulièrement, déclara le vieil homme. Ce n'était pas une demande.
— Bien sûr.

— Dis-lui qu'ils doivent avoir le mariage à l'hôtel, murmura Cécile d'une voix forte.

— Ce serait idiot de ne pas profiter du rabais familial, déclara grand-mère.

Il fallut encore quelques minutes avant qu'il puisse s'échapper et voir où Val était partie. Il la trouva en train d'écraser des vêtements dans sa valise.

— Tes grands-parents veulent dire au revoir avant de partir.

— Est-ce qu'ils t'ont correctement menacé ?

— Je suis un homme mort si je ne te rends pas heureuse.

Ses lèvres se contractèrent enfin en signe d'amusement.

— Je suppose que tu ferais mieux de te mettre au travail.

— Comme ma princesse l'ordonne. Il lui fit un clin d'œil.

Ils dirent au revoir à sa famille, et alors qu'ils fermaient la porte, elle soupira :

— Contente que ce soit fini.

— Moi aussi, parce que maintenant nous pouvons célébrer.

— C'est cela, oui.

— Tu es toujours traumatisée par ce que ta grand-mère a dit ? Même les personnes âgées ont été jeunes autrefois.

— Pas ça ! s'écria-t-elle en s'avançant vers lui. Toi. Ça. Elle fixa sa main et la bague qui brillait à son doigt.

— C'est joli.

— Elle est magnifique, mais c'est ce qu'elle symbolise

que je ne suis pas sûr d'aimer. C'est une autre façon de me faire tienne. Elle plissa le nez. Je ne veux pas être possédée.

— Comme si j'oserais même essayer. Penses-y plus comme appartenir l'un à l'autre.

— Je ne suis toujours pas sûre d'être prête, dit-elle doucement.

Pour une femme habituée à garder le contrôle, la rapidité avec laquelle sa vie changeait devait être effrayante. Il la prit dans ses bras.

— Je sais que c'est terrifiant. J'ai peur moi aussi. Mais nous nous en occuperons. Ensemble. Ou je serai mort, et tu pourras passer à autre chose.

Val s'esclaffa et l'embrassa. Mais il pouvait sentir la tension sous-jacente.

Ils firent l'amour. À deux reprises. Et pendant un temps, l'anxiété en elle se calma. Cependant, plus ils se rapprochaient du ranch, plus elle réapparaissait. Il le sentait à travers leur lien alors même qu'il luttait pour en identifier la cause.

— Quel est le plan pour après le mariage ?

— Le mariage ? Mais nous n'avons même pas fixé une date, couina-t-elle, secouant le volant, les plantant presque dans un fossé peu profond. Les pneus se sont coincés et ont projeté du gravier avant de retrouver la route.

— Pas le nôtre. Celui de Meadow.

Bien que sa réaction lui ait fait comprendre qu'elle luttait toujours avec l'idée qu'ils soient ensemble. Avec le temps, elle finirait par l'accepter. Avec un peu de chance.

— Je n'y avais pas vraiment pensé. À un moment

donné, je vais devoir retourner chez moi et m'occuper de mon travail et de mes affaires. J'ai beaucoup de meubles et d'effets personnels qui ne rentreront pas dans la cabine. Je suppose qu'ils pourraient être stockés.

Ses lèvres formèrent une moue et il commença à saisir le problème.

— Nous n'avons pas à vivre au ranch. On pourrait avoir une maison en ville.

Ses lèvres se tordirent avant qu'elle ne se rattrape et ne dise trop vivement :

— Tu en es sûr ? C'est un sacré trajet pour aller travailler.

Sans déconner. Ce n'était probablement pas le moment de lui dire que l'idée de retourner fouiner dans les champs après quelques jours d'adrénaline en ville ne l'attirait pas, d'autant plus qu'il pouvait dire qu'elle n'avait toujours pas accepté l'idée de vivre au ranch avec le reste de la meute.

Peut-être que la demande de Kit de superviser la meute Festivus n'était pas mauvaise. Au moins pendant un petit moment, pendant que lui et Val s'habituaient l'un à l'autre. Ce serait peut-être moins choquant pour elle d'avoir les services auxquels elle était habituée.

Avant qu'il ne puisse aborder le sujet, elle s'arrêta et fit glisser sa main le long de sa cuisse jusqu'à son entrejambe.

— Tu veux tester la taille de l'arrière ?

C'était assez grand une fois les bagages mis de côté.

Il ne voulait pas gâcher sa bonne humeur post-coïtale en parlant de l'endroit où ils vivraient. Il y avait bien assez de temps pour résoudre les problèmes avant leur mariage. Ils conduisirent le reste du chemin en écoutant des chansons rock, dont elle connaissait une quantité surprenante de paroles. Lui aussi, et ils faisaient un super duo. Dommage qu'il n'y ait pas de bars de karaoké à plus de cent cinquante kilomètres à la ronde.

Le rappel de la distance lui fit penser à sa sœur, sa mère et la nouvelle nièce qu'il avait laissée derrière lui. Elles lui manquaient déjà. Il détestait ne pas être assez proche pour voir la petite fille grandir. Mais au moins maintenant, il pouvait leur rendre visite. Il suffisait de faire le super long trajet.

Ils se garèrent devant la maison du ranch en silence.

Il la regarda.

— Tu es prête ?

Elle regarda droit devant elle et prit une profonde inspiration avant de répondre :

— Oui.

Il aurait dû lui parler. Il aurait dû savoir que quelque chose n'allait pas.

Parce que, au matin, elle et son véhicule étaient partis. La note qu'elle avait laissée disait : *Je suis désolée. Je ne peux pas. Pas même pour toi. Val.*

CHAPITRE VINGT-CINQ

Val pleura la majeure partie du trajet de retour à la maison. De grosses larmes morveuses qu'elle détestait.

Une partie d'elle voulait faire demi-tour. Asher serait effondré. Bon sang, elle était complètement dévastée.

Cependant, elle savait que si elle retournait dans ce ranch, elle ne tarderait pas à craquer. Non pas parce que ce n'était pas un bel endroit. C'était totalement le cas. En tant que lieu de vacances, elle aurait pu tenir quelques semaines, peut-être même un mois. Mais savoir que ce serait pour toujours ?

Elle s'était enfuie.

Elle avait fui comme une lâche dans la nuit plutôt que de regarder Asher dans les yeux et de lui dire la vérité. Parce qu'il était sa faiblesse. S'il le lui demandait, elle resterait et les rendrait tous les deux malheureux, tuant tout ce qu'il avait entre eux.

Tu veux dire comme si je l'ai tué en le quittant brusquement ?

C'était trop tard maintenant.

Sa maison, impeccable comme toujours, soignée à l'intérieur comme à l'extérieur, l'attendait au bout de l'impasse. Derrière elle, au-delà de sa clôture arrière, se trouvait la Terre de la Couronne. De la forêt principalement, ce qui lui donnait de l'intimité.

Le garage s'ouvrit d'une simple pression sur un bouton, et elle entra directement.

La porte se ferma alors qu'elle appuyait sa tête sur le volant, à bout de larmes, mais toujours en deuil de la rupture. Asher se serait réveillé depuis plusieurs heures, à ce stade. Il aurait lu la note. Il saurait qu'elle était partie.

Elle jeta un coup d'œil à son téléphone. Il n'avait pas appelé. Meadow non plus, qui avait également reçu une petite note disant : *Quelque chose s'est passé. Serai de retour à temps pour le mariage.*

Personne ne l'avait contactée parce qu'elle n'appartenait pas à leur monde. Leur meute.

L'histoire de sa vie. Val avait toujours été à l'extérieur, telle une spectatrice. Distante parce que l'attention menait à la déception et à l'abandon. Comme la fois où les choses s'étaient bien passées avec sa mère pour une fois. Elle était sortie de cure de désintoxication et avait promis que les choses iraient mieux. Cela avait duré six mois. Puis elle était partie sans un mot.

Avec le temps, Asher aurait vu qu'elle n'était pas si spéciale. Tout comme ses parents, il aurait décidé qu'elle n'en valait pas la peine, et il l'aurait quittée, lui aussi. Et ensuite quoi ? Elle aurait été seule au milieu de nulle part, sans rien. Mieux vaut qu'elle soit là où elle avait un travail et une maison.

Seule.

Heureusement qu'elle connaissait un remède à la solitude. Elle venait d'ouvrir la bouteille de vin quand quelqu'un frappa.

Elle regarda la porte. Probablement un mec qui faisait du démarchage à domicile. Elle se servit un verre.

— Je sais que tu es là, Princesse.

Asher ?

Elle fut remplie d'excitation. De peur, aussi. Il n'y avait que quelques raisons pour lesquelles il l'aurait suivie. Réclamer la bague ou lui crier dessus, probablement les deux.

Ne sois pas lâche. Elle serra le poing en ouvrant la porte.

Il se tenait sur son perron, vêtu d'un manteau de cuir, des lunettes de soleil sur la tête, son jean moulant ses cuisses.

— Que fais-tu ici ?

Il était délicieusement sexy. Elle dut se faire violence pour ne pas le traîner à l'intérieur.

— Qu'est-ce que tu penses que je fais ici, Princesse ?

Elle fit la moue.

— Tu veux récupérer la bague.

— Non, espèce d'idiote. Je suis ici parce que tu l'es, dit-il en levant les yeux au ciel.— Comment es-tu arrivé ici si vite ?

Il s'écarta pour montrer la moto garée dans son allée.

— J'ai peut-être roulé un peu vite pour m'assurer de rattraper mon retard.

— Tu n'aurais pas dû t'embêter.

Elle s'éloigna de lui, allant chercher son vin.

— Je n'y retournerai pas. C'est-à-dire que je le ferai

pour le mariage, mais c'est tout. Je suis désolé, Asher. Je tiens à toi. Énormément. Cependant, je mourrais si je dois vivre cachée dans la forêt.

— Je suis d'accord. C'est pourquoi je déménage.

Elle tourna et cligna des yeux.

— Tu déménages où ?

— Ici.

Son sourire lent la réchauffa de la tête aux pieds.

— Fais de la place dans ton placard, Princesse, parce que tu vas devoir partager.

Insinuait-il ce qu'elle pensait ?

— Mais ton travail... La meute...

— Ils se débrouilleront très bien sans moi. Ce n'est pas comme si j'étais mort. Je passe à autre chose avec ma compagne. Tu es plus importante.

— Tu abandonnerais ta vie actuelle pour moi ?

Sa voix émergea dans le plus petit des chuchotements.

— Oui.

Elle fit une grimace.

— Je dois avoir l'air d'être une vraie garce de ne pas faire la même chose.

Ses bras la serrèrent contre lui.

— Tu es une femme forte et indépendante, avec une carrière et une famille qui lui sont propres. Et je suis juste le genre de mec adaptable qui pense que c'est génial et qui veut la soutenir.

— Vraiment ?

L'espoir faisait battre son cœur.

— Putain, ouais. Et avant que tu me dises que je vais vivre à tes crochets, sache que j'ai déjà un travail.

— Quoi ? Comment ?

— Disons juste qu'il y a un nouveau shérif en ville.

— Oh, un homme de loi.

— Loi de la meute, corrigea-t-il en lui mordillant la lèvre.

— Ce qui signifie ? demanda-t-elle, devenant sérieuse un instant.

— Ce qui signifie que le Conseil du Lykosium m'a proposé un emploi. Apparemment, ils ont été assez perturbés par les récents événements. Au départ, ils voulaient seulement que je sois le tuteur du Festivus Pack. Depuis, ce travail a pris de l'ampleur. Ils veulent à présent que je sois leur émissaire pour tout l'Ouest canadien. Je dois m'assurer que les meutes de l'Alberta et des provinces environnantes se comportent bien.

— On dirait que tu vas devoir voyager.

— Pas trop souvent. Peut-être une fois par mois pour quelques jours. Bien sûr, ce serait mieux si je n'avais pas à y aller seul.

Il la regarda avec espoir.

Il la voulait à ses côtés. Il était prêt à déménager pour qu'elle n'ait pas à le faire. Le moins qu'elle puisse faire était de couper la poire en deux.

— J'ai toujours aimé un peu d'aventure. Mon cousin Lenny peut nous faire des prix sur les vols et les locations de voitures.

— Mais Lenny peut-il faire ça ?

Il l'embrassa passionnément.

Lui coupa le souffle.

Et continua avec sa bouche et ses mains. Son lit était presque de l'autre côté de la pièce quand ils terminèrent, mais elle souriait en se blottissant contre Asher et en lui disant :

— Je t'aime.

Plutôt que de citer *Star Wars* et de dire : « Je sais », il poussa un hurlement Wookie approprié.

ÉPILOGUE

Le mariage se déroula sans encombre.

Meadow, radieuse dans sa robe blanche style Empire dont la taille était en dentelle (des détails sur lesquels Asher ne connaissait rien jusqu'à ce que Val les lui explique) semblait éclater de bonheur. Rok avait l'air mal à l'aise dans son costume et continuait à s'agiter jusqu'à ce que la musique ne retentisse et que Meadow s'avance vers lui au bras de son père.

M. et Mme Fields étaient arrivés deux jours auparavant dans un camping-car, qui donnèrent envie à quelques-uns des membres de la meute, car ils étaient plus simples à gérer que d'ajouter plus de bâtiments au ranch.

La maison d'Asher était vide, étant donné qu'il avait emballé toutes ses affaires et que tout ce dont il avait besoin était déjà dans le 4x4 de Val. Bien qu'il déménage en ville sur un coup de tête pour faire plaisir à Val, à sa grande surprise, il s'intégrait bien à la vie citadine et aimait particulièrement son nouveau rôle d'exécuteur du

Lykosium. Il avait même un badge qui faisait minauder les dames de la meute locale. Qu'elle le fasse. Il n'avait d'yeux que pour une seule femme.

Val se tenait en face de lui dans sa robe de demoiselle d'honneur, les yeux embués alors qu'elle regardait sa meilleure amie se marier. Quant à Val et lui, ils avaient choisi de le faire au printemps parce que Val voulait se marier en extérieur quand les tulipes fleuriraient.

À la réception, il dansa un slow avec sa fiancée, sa compagne, son futur. Difficile de croire que la première fois qu'ils s'étaient rencontrés, il avait eu peur. L'apprivoisement de ce Bêta était la meilleure chose qui lui était jamais arrivée. Parce que l'amour était tout.

Quelques jours plus tard, *à quelques pas de la maison principale...*

Poppy entra dans la cabine qu'elle partageait avec son frère, portant une boîte de biscuits fraîchement sortis du four, qu'elle faillit laisser tomber en comprenant qu'elle n'était pas seule.

Elle lutta pour ne pas trembler en s'écriant :

— Qu'est-ce que vous faites là ?

Un homme était assis sur la chaise préférée de son frère, ses cheveux d'un rouge vif contrastant avec son regard froid.

— Nous nous retrouvons.

— Ce sont à peine des retrouvailles, vu que nous ne nous sommes pas parlé la dernière fois.

Mais elle se souvenait de l'avoir vu dans cet entrepôt où Asher avait sauvé Val.

Kit. Pas de nom de famille. Un exécuteur du Lykosium. Ici, chez elle. Sa voix n'était qu'un peu tremblante lorsqu'elle demanda :

— Que voulez-vous ?

— Ton aide.

— Avec ?

Ses lèvres formaient une courbe sournoise, et l'estomac de Val tomba dans ses chaussettes alors quand il annonça :

— Devine pourquoi le Lykosium pourrait avoir besoin de tes services.

— Non.

Elle secoua la tête et serra ses bras autour d'elle, soudain frigorifiée.

— Je n'y retournerai pas.

— Le problème, c'est que tu n'as pas le choix. Ton aide est requise.

Ses larmes coulaient alors qu'elle chuchotait :

— J'aimerais autant mourir.

— En plus de condamner les autres, apparemment.

— Je ne peux pas vous aider.

Elle fit de son mieux pour endiguer les tremblements qui la refroidissaient alors qu'il lui rappelait pourquoi elle s'était enfuie vers ce que certains considéraient comme le bout du monde.

— Je vais te laisser le temps d'y réfléchir.

Kit se dressa soudain, trop grand et imposant. Ce n'était pas un ami comme Amarok et les autres.

— Je n'ai pas besoin de temps pour savoir que le passé doit rester enfoui.

Parce que, comme les corps, ça ne puait que plus avec le temps.

Il la fixa assez longtemps pour qu'elle frissonne. De peur, mais aussi parce qu'elle avait pris conscience. De son parfum. De sa largeur. De sa force.

— Je reviendrai.

Et sur cette déclaration inquiétante, il partit. Ce ne fut qu'à ce moment-là qu'elle remarqua qu'il laissait derrière lui une légère odeur de renard.

Et une certitude qui la fit déglutir difficilement.

Je pense qu'il pourrait être mon compagnon.

Il est temps d'en savoir plus sur le mystérieux Kit et notre jolie fleur blessée, Poppy. Je me demande bien à quel genre d'aventure romantique sauvage on pourrait s'attendre dans *Un secret libéré*...

www.ingramcontent.com/pod-product-compliance
Lightning Source LLC
LaVergne TN
LVHW031539060526
838200LV00056B/4570